全国高职高专教育规划教材

大学摄影公共课通用教材

数码摄影实用教程

Shuma Sheying Shiyong Jiaocheng

温州职业技术学院　组编

陈　勤　叶君奋　主　编

王　萌　朱晓军　副主编

U0131709

高等教育出版社·北京
HIGHER EDUCATION PRESS　BEIJING

内容提要

　　本书是高等学校摄影课程通用教材，为各专业学生学习摄影实用技术而专门编写。

　　本书着眼于数码摄影的基础理论和最新科技发展，并结合摄影教学的实践成果而编写。教材采用全新的形式，将数码摄影的理论与人们熟悉的摄影流程融合起来，从最初起步到深入进阶分解为一个个操作环节来讲授，适合广大学生"从无到有、从少到多、从粗到精"的学习需要。本书含有大量实例，通过图文对照的方式加以讨论分析，具有直观易学、通俗易懂的优点。教材内容主要有数码摄影起步、数码摄影精要、数码相机实战操作、摄影用光技巧、摄影构图技巧等知识。

　　本书可作为高职高专院校、中等职业学校、本科院校和成人继续教育院校的摄影课程通用教材，也可作为从事摄影摄像工作的专业人员和业余爱好者的培训教材和参考用书。

序

170 多年前，摄影术像一道闪电照亮了世界；120 多年前，电影进入人们的空间；80 多年前，电视开始改变我们的生活；30 多年前，数码影像打开了图像新天地，大众百姓真正开始了轻松拍照的快乐时代。

从此，数码相机逐渐成为一种流行、简易、便捷的摄录工具，为我们提供各种图像信息，简化了我们的工作，丰富了我们的生活。相应地，数码摄影也成为人们应该掌握的一项必要技能。

作为国家示范性高职院校的温州职业技术学院，秉承厚德长技的校训，积极拓展人文类专业建设，及时开设了传媒策划与管理专业。在人文传播系的教学实践中，项目化教学、校企合作、导师制、工作室模式等逐年深化，涌现出众多优秀的学生影像作品，在各级媒体和社会各界广受好评，获得了许多奖项。传媒策划与管理专业也被评为"浙江省特色专业"。

目前，高职院校的摄影专业建设方兴未艾，新型数码摄影教材亟待更新与完善。为此，温州职业技术学院专门组织陈勤、叶君奋、王萌、朱晓军等国内知名摄影师和资深摄影教师主持编写数码摄影实用教材。经过大家的共同努力，这本全新的《数码摄影实用教程》即将交付高等教育出版社正式出版。我相信这本教材的出版，对我国摄影专业的建设、对高等职业技术人才的培养、对数码摄影技能的推广都将发挥重要的作用。

镜头中，时代风云，世界万象，我们记录历史的档案。

照片里，人物百态，山川风貌，我们展示精彩的生活。

茶山下，绿水环绕，鲜花不败，我们塑造美好的未来。

塘河边，楼房栋栋，书声琅琅，我们播撒人文的星火。

掩卷遐想，以此为序。

夏晓军

2011 年 9 月

前　言

这是一个全民摄影的时代，这是一个全新数码的时代。

摄影这一人类发明创造的新技术，因为其方便、准确和快捷，虽然只有一百多年的历史，却迅速发展和高度完善，成为当代社会实用而强大的"武器"。毋庸置疑，摄影已经成为人们的一种基本技能，从科学记录、信息传播、艺术创造到生活实用，应用极其广泛，对促进社会文明和进步具有无可替代的重要作用。生活在当下的人们，要想在数码图像时代自由驰骋，就必须熟悉和掌握摄影这门技艺。

素质教育的重要性，已为大家所公认，国内广大高校都非常重视素质教育课程的设置和安排。数码摄影作为一门必要的工作和生活技艺，日益成为学生们喜爱的素质教育课程之一。从通俗实用的需要来看，当前国内尚缺乏吻合素质教育特点和职业技能培养需要的数码摄影新型教材。本书就是着眼于当前社会的迫切需要和数码多媒体影像的全新发展，结合我们对数码摄影的教学研究和教改探索，专门编写的数码摄影实用教材。

本书采用全新的编写结构和教学模式，将数码摄影的理论与实际摄影流程融合起来，从最初起步到深入进阶分解为一个个操作环节来讲授，适合广大学生"从无到有、从少到多、从粗到精"的学习需要。主要特点有二：一是集合并总结了最新数码相机的实用知识和操作技艺，为快速掌握数码相机功能提供有效途径；二是采用大量的典型实例，通过图文对照的方式来讨论分析，帮助初学者直观、形象地理解数码摄影原理与技艺。

本书分为数码摄影起步、数码摄影精要、数码相机实战操作、摄影用光技巧、摄影构图技巧等几个部分，分别介绍了数码相机的基础知识和操作方法、数码摄影的主要技艺和实际效果，并简要讲述了有关照明用光的基本形态和变化规律，以及如何安排画面的结构、营造美的画面的方法。为了更加简明、实用，本书从起步到精深等不同的阶段，都同步穿插讲解实用拍摄技巧，例如如何拍摄新闻照片、人像人物和自然风景等。总之，本书力求将数码摄影的基础理论和最新科技发展与摄影教学实践的成果相结合，使教师易教，学生易学。

本书由温州职业技术学院组织编写，主编为陈勤、叶君奋，副主编为王萌、朱晓军。本书作者分工为：第一章，陈勤、许晓春；第二章，王萌、杜健；第三章，朱晓军、陈天龙；第四章，叶君奋、陈勤；第五章，陈勤、叶君奋。统稿工作由陈勤完成。

　　本书编写过程中，得到了温州职业技术学院丁金昌院长、夏晓军副院长、丁丽燕主任、沈潜主任等领导的关心和指导，在此表示衷心的感谢！此外，著名摄影家陈勃先生、李建成先生、黄荣钦先生给予了热情的关心与帮助，石昌武、叶劲草、朱宝钢、林其勉、黄信乐、萧云集、谢益东、戴立新等摄影界朋友也给予了友情扶持，在此表示衷心的感谢！还有温州职业技术学院师生们的大力支持和帮助，在此一并表示衷心的感谢！

编者

2011 年 9 月

目 录

快乐数码摄影 ▶▶▶

● 山水入画 龙父摄

● 留影鸟巢 龙父摄

● 现场记录 龙父摄

我很快就会自豪地宣告：

我掌握了数码摄影，

我成为了一名平凡而自由的摄影人。

我学习摄影，

因为它让我看清了五彩缤纷的自然世界；

我喜欢摄影，

因为它帮我记录下亲朋好友的喜怒哀乐；

我运用摄影，

因为它能满足我日常工作中的多种需要。

● 海风 叶君奋摄

数码摄影实用教程

和雄伟的高山；

● 众山之巅 黄荣钦摄

● 星光烽火台 陈勤摄

和广袤的田野；

● 沃野 黄荣钦摄

● 樱花　陈勤摄

和夏天的热情；

● 端午之夜 夏晓军摄

● 蛤蟆坝秋影　石昌武摄

数码摄影实用教程

和冬天的纯洁；

● 冬青　丁丽燕摄

● 城堡　朱金荣摄

和新建的家园；

● 美好生活 朱晓军摄

● 飞速 戴立新摄

和安静的乡村；

● 小村头 叶君奋摄

我见过老人的笑脸

● 岁月如歌 朱晓军摄

和生命的稚嫩；

● 小哥俩 陈勤摄

数码摄影实用教程

我见过美丽的少女

● 飘 李建成摄

和虔诚的信仰；

● 顶礼膜拜 王晓云摄

我见过力量的竞争

● 奋勇向前 李建成摄

和欢乐的歌舞；

● 歌唱祖国 李志松摄

我见过无数的爱洒向了人间……

● 爱的世界 王萌摄

快乐数码摄影

第一章　数码摄影起步

我们的学习，就从最常见的一次简单拍摄开始。

有一位朋友站在我们的面前，等待我们用手中的数码相机给他拍照。开始吧，举起相机、对准被摄对象、调整相机设置、说声"茄子"、按下快门拍摄，立刻见到一张人像照片。这就是人们常见的数码摄影全过程，简简单单不复杂，快快乐乐很轻松。

那么，一个初学者是否能快捷、简易地了解数码相机，并在几分钟内就会拍照呢？面对人像、风景、花草等不同的题材对象，有没有现成的经验可以借鉴参考呢？我们的答案很明确——绝对行。

第一节　简易数码摄影流程

数码相机的一大优点，就是操作简便——好用。只要我们掌握最基本的几项操作——拿起相机、打开电源开关、按下快门，利用数码相机的自动化模式，就能拍出一张照片来。如果再稍微了解几个工作模式，还可能拍出一张令人称赞的照片。这就是初级数码摄影阶段——学会简单操作数码相机并能选用自动工作模式拍照，属于无数普通大众的摄影起步阶段。

以下，我们将按照"开始—拍摄—结束"的进程，讲解初级数码摄影知识，并配合每一步操作任务，对最常用的拍摄模式和操作控制进行分析，帮助大家快速入门，使用好数码相机上的自动化工作模式。

一、准备与开机

1. 安装电池与存储卡

给数码相机装上电池和存储卡，准备开机（见图1-1-1）。

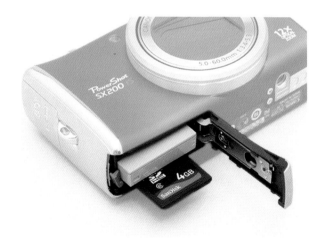

● 图 1-1-1　电池与存储卡同仓插入

● 图1-1-2 存储卡容量

电池负责为数码相机提供工作能量，照相机电池分为专用锂电池和普通5号电池两种。锂电池具有电力强、工作时间长的优点，是我们的首选；5号电池则具有通用和容易购买的优点。

存储卡是将数码相机所拍摄的照片保存下来的"仓库"。数码相机拍摄的每一幅照片，都以数字信息的形式存储在数码存储卡中。常见的存储卡主要有CF卡、xD卡、SD卡以及索尼（SONY）记忆棒（Memory Stick）等类型，目前常用的存储卡容量一般在1GB以上，容量越大，存储照片数量就越多。存储卡上可存储照片的具体数量可以在相机上查看（见图1-1-2）。

当存储卡中数据存满时，应及时将其转移清空，以便继续拍摄。存储卡中的数据可以下载到计算机或移动硬盘上，可以利用数据线或读卡器向计算机传输数据。

2. 开机

装好电池和存储卡后，就可以打开电源开关、开机工作。

数码相机的电源开关标志为"ON/OFF"，一般设置在相机的肩部或背部（见图1-1-7），开机时将键钮从"OFF"拨向"ON"处，电源就接通，可以开始拍摄。

二、正确持握相机

由于数码相机有大小和形状的差异，在相机的持拿使用上就有所不同。大型相机多用脚架支撑拍摄，数码单反相机适合采用双手握持拍摄，而轻便"傻瓜"机就可以单手持拿轻松拍摄。拍摄时双手可以采取横平握持和竖立握持的方式操作相机，身体姿态可以是立姿、蹲跪姿、坐姿和卧姿（见图1-1-8组图）。

1. 握持相机的原则

握持相机的原则有两条：一是"平正"，二是"稳定"。

小贴士　常用存储卡类型与特点

CF卡是长期以来被较多使用的存储卡（见图1-1-3），由于其容量大、体积适中、兼容性好、价格低廉，所以至今仍是一些相机（尤其是专业相机）的首选。

SD卡也是通用性较好的存储卡（见图1-1-4），具有容量较大、体积小、性能好、安全、价格适中等特点，轻便型相机中用得较多。

xD卡是轻薄微小的存储卡（见图1-1-5），具有高速度、大容量和安全性高的优点，但是价格比较贵。

记忆棒是索尼公司的专利存储产品（见图1-1-6），专用性好，但只能在索尼产品中使用，与其他品牌不兼容。

● 图1-1-3　CF卡

● 图1-1-4　SD卡

● 图1-1-5　xD卡

● 图1-1-6　记忆棒

● 图 1-1-7　相机的电源开关

不良的拍摄姿势会带来很多"毛病"。例如，相机的不平不正，会导致所拍照片中的人物歪歪斜斜、失去平衡；相机抖动，会影响所拍影像的清晰度。所以，我们握持相机要保证平正、垂直和稳定不动，避免拍摄失误。除了注意身体的正直平稳，我们还可以利用三脚架、墙、树干、栏杆等固定物体（见图1-1-9），实现稳定拍摄。

（a）站立持机　　　　　（b）蹲跪持机

（c）坐姿持机　　　　　（d）卧姿持机

● 图 1-1-8　摄影时的身体姿势

（a）　　　　　（b）　　　　　（c）

● 图 1-1-9　依靠稳定

水平线

● 图1-1-10　相机歪斜后导致画面歪斜

相机稳定　画面清晰　　　相机晃动　画面模糊

● 图1-1-11　相机晃动导致画面模糊

● 图1-1-12　机身防抖开关

2. 握持相机的要点

左手与右手分工明确，各司其职。右手负责调控相机并按快门拍摄；左手托住照相机保持稳定。拍摄时可将左手肘部紧贴胸肋形成三角支撑，防止相机抖动歪斜。

上下、左右的伸展拍摄，一定要使相机平直不斜。当我们采取上举、下放、左右横向等姿势拍摄时，身体易倾斜并连带相机也发生歪偏，最后导致拍摄画面出现天歪地斜、景物残缺、房屋倾倒等问题（见图1-1-10）。

防止手指遮挡相机上的重要窗口。由于家用轻便机袖珍小巧，几个主要的工作窗口如镜头、闪光灯、取景窗等都设计在很小的机身上，若不小心被手指遮挡，就会影响拍摄效果。

3. 相机防抖与照片清晰

防抖也称防震，是拍摄中需要重视的技术问题。

当我们使用"P"挡和"Auto"挡等自动模式拍摄时，在光线暗弱的情况下，有时拍摄的照片中人物影像会模糊不清，这是相机发生微小抖动造成的。还有在使用手动模式拍摄时，如果使用较慢的快门速度，比如1/30秒以至更慢的快门速度，很容易出现照片模糊的后果，快门速度越慢越无法避免影像模糊（见图1-1-11）。

数码相机上设计有专门的防抖装置（见图1-1-12），就是用来帮助摄影者稳定相机，获取清晰的照片效果的。

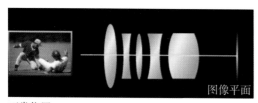

正常位置

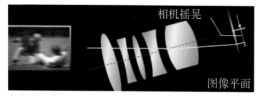

相机发生抖动

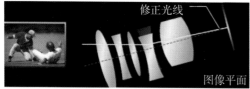

影像稳定器抵消抖动影像效果

● 图 1-1-13 镜头防抖示意图

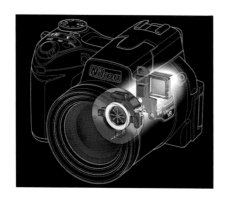

● 图 1-1-14 机身防抖示意图

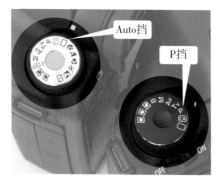

● 图 1-1-15 "P"挡与"Auto"挡

相机的防抖装置根据原理的不同可分为三种类型。第一类是镜头防抖，原理是利用镜头陀螺仪侦测到微小的移动（抖动），由相机内程序计算需要补偿的位移量，然后指挥镜片组加以补偿来克服抵消振动（见图1-1-13）。第二类是机身防抖，原理是将相机的感光元件（如CCD板）在可以微量移动的平台上，由陀螺仪检测出相机的抖动，经过相机内程序指挥移动平台（CCD板）抵消抖动量，获得防抖减震效果（见图1-1-14）。

另外，还有电子防抖——一种"伪防抖"，原理是提高相机感光度而间接提高快门速度到1/30秒以上，避免慢速度带来的影像模糊，而不是真正利用专门装置来消除抖动的影响。但是高感光度会使所拍摄的影像噪点粗大，导致画面质量严重下降，所以在实际应用中，主要是低档"傻瓜"机采用这种方式防抖。

三种防抖功能中，前两种拍摄质量好，后一种拍摄质量差。

三、选择拍摄工作模式

1. 拍摄的工作模式

对于初学者，可以首选程序模式（俗称"P"挡）和"Auto"（全自动、傻瓜挡）模式拍摄（见图1-1-15）。

"P"挡和"Auto"挡都属于全自动工作模式，将调控盘上"P"或"Auto"挡位标志对好就进入了该工作模式，这时摄影者只要按快门就可以自动随意地拍照，数码相机会帮你做好一切准备工作。

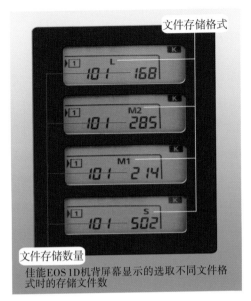

文件存储格式

文件存储数量

佳能EOS 1D机背屏幕显示的选取不同文件格式时的存储文件数

● 图 1-1-16　图像格式选项界面

小贴士　"P"挡——程序自动拍摄模式

程序模式的通用符号为"P",是一种自动拍摄模式,在各种数码相机上都可以见到,是最简便实用的自动拍摄模式。

"P"模式拍摄的好处是,不需要摄影者本人动脑筋,也不用调整各种功能键,只要打开电源,由相机自动完成拍摄工作,操作十分简易。与"P"模式相近的"Auto"(全自动)模式,也叫"傻瓜"模式("傻瓜相机"因此得名)。两者的不同之处是,"P"模式可以进行有限调整,"Auto"模式不能作任何调整。

"P"模式将测光与曝光合为一体,一切都由程序进行智能控制,优先保证正确曝光结果。光线明亮时选用小光圈和高速度的曝光组合,光线暗弱时选择大光圈和慢速度的曝光组合。程序模式具有操作十分简易的优点,但存在不够精准的缺点(可用曝光补偿来弥补)。

数码相机上设计有程序模式、人像模式、风景模式等多个智能工作模式,还有连拍、全景、防抖等技术设置,可以帮助我们简捷、快速、有保障和自动化地拍摄照片。在准备拍摄前,应该选择相关的工作模式。这就需要弄明白各个工作模式的特点与效果,才能合理使用不同的拍摄模式,来应对不同的被摄对象。关于人像、风景和花草模式等内容的详细介绍见本章第二节"常用拍摄模式与实战技巧"。

2. 图像格式

图像格式是数码相机用来决定照片(文件)大小的设置,进入菜单中(或功能盘)的"图像格式"可选择大、中、小三种不同的照片文件格式(见图1-1-16)。采用大文件格式拍摄的照片质量高、信息多;小文件格式所拍摄的照片质量低、信息少。但是大、中、小文件格式可以拍摄的照片数量差别很大,若使用同样的存储卡,大文件格式是中文件格式的1/3,中文件格式是小文件格式的1/3。

一般情况下,图像格式首选中文件格式,可以兼顾照片质量与拍摄数量两个方面的需要。

四、变焦取景和构图安排

选择被摄对象,确定照片是横画幅还是竖画幅,这些有关取景构图的处理过程,我们主要是使用相机的变焦镜头来选择、变化和完成的。通过对变焦镜头的轻轻拨调,就可以使画面取景构图发生变化——或者望远并放大对象,或者是更宽广的大场面构图。

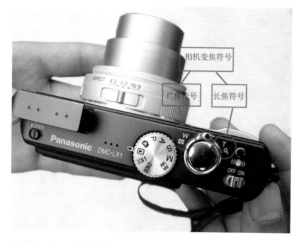

● 图1-1-17 变焦符号

（a）　　　　　　（b）

● 图1-1-18 变焦示意

数码相机的镜头可以变焦工作，而且功能非常强大。在数码相机上，可以通过两种方式进行变焦拍摄。一种是拨动"W-T"变焦键钮（见图1-1-17），W——广角，可以拍摄宽广人多的照片；T——长焦，可以将人物放得很大。还有一种是旋转镜头筒，也可以实现从广角到望远放大的变化（见图1-1-18）。

具体拍摄时，变焦镜头可以结合画面构图来使用。我们可根据准备拍摄的对象和效果（人物大小和画面宽广），选择变焦镜头的广角端/标准端/长焦端，对感兴趣的景物进行现场取舍（大小和宽广）。比如拍摄人像（见图1-1-19组图），（a）为正常的大半身像，可选广角端拍摄；需要半身像时，可选中间（标准）端拍摄，见图（b）；如果想要人头像效果，就用长焦端拍摄，见图（c）。

（a）　　　　　　　　　　　（b）　　　　　　　　　　　（c）

● 图1-1-19 飞瀑留影 朱晓军摄

● 图1-1-20 光学窗口与显示屏

1. 取景观察

通过数码相机的光学取景窗和LCD显示屏，可以观察变焦镜头所收纳的被摄对象，达到框选对象并构图的目的（见图1-1-20）。采用光学窗口取景的优点是不费电，也不受外界光线亮度的干扰，缺点是窗口小。采用LCD显示屏取景的优点是画面大和方便，但有耗电与容易被外界光线干扰的弊端。

● 图1-1-21 香车美女 许晓春摄

● 图1-1-22 日月星地 陈勤摄

2. 构图安排

当我们确定了被摄对象后，就面临着一个重要任务——构图安排，也就是将对象安排在画面中的某个位置，而且要美观好看。

中心法是最为常用的一种构图方法，即直接将被摄对象安放在照片的中心点或中心线等位置（见图1-1-21），是最简单也是最好用的构图方式。这样做的好处是：有效利用画面的中心效应，吸引观众的注意力；而且在构图处理上，不用考虑其他因素，简单又省事。

3. 横拍与竖拍

拍一张照片前，选择横画幅还是竖画幅，常常让初学者两难。其实这里面的关键，就在于我们对主体的选择与安排。

具体地说，就是要根据照片主体的形态趋势，来选择照片的横、竖画幅。例如，当我们想要拍摄的主体对象是高耸直立的，照片就适合用竖画幅来表现（见图1-1-22），也就是将相机竖起来拍摄；如果我们想要拍摄的主体对象是横向宽广的，照片就适合用横画幅（见图1-1-23），也就是将相机横着拍摄。

决定照片画幅的横竖方向，还有一个原则，就是根据照片主体的运动趋势，来选择照片的横、竖画幅。例如拍摄上升下降的主体对象时，用竖画幅就有利于主体及其周围环境的表现；如果是拍摄横向运动的主体对象时，用横画幅就比较好（见图1-1-24）。

五、对焦拍摄与回看照片

1. 对焦拍摄

从LCD显示屏（或取景窗）框选对好被摄对象后，用食指轻轻向下半按数码相机的快门钮，就会听到"嘀"的一声，同时LCD显示屏中的被摄主体也立刻变得很清楚。这就是自动对焦完成（见图1-1-25），自动对焦起着保证画面中被摄对象清楚再现的重要作用。

数码摄影实用教程

● 图 1-1-23　颐和园十七孔桥 戴立新摄

● 图 1-1-24　早春整田忙 石昌武摄

● 图 1-1-25　对焦完成

● 图1-1-26 闪光灯按键

● 图1-1-27 "删除"键

将半按下去的食指用力向下按快门钮到底,就会听到"咔嚓"声,这就完成拍摄了。刚刚所拍摄的一张数码照片,这时就存储在相机的存储卡里了。

2. 闪光"帮忙"

在许多时候,因为现场光线暗弱而不利于我们的拍摄,这时启动相机上的闪光灯进行"帮忙",就可以获得不错的照片。

小型闪光灯一般装置在数码相机顶部或左右方,只能向前方照明,此时取得的照片效果都属于正面顺光效果,使用时启动即可,操作方便、简单。相机上闪光灯的启动根据相机类型而不同,有的是在菜单中选择,有的是直接按键启动(见图1-1-26)。

3. 照片的回看与删除

拍摄完成后,可以回看刚才所拍摄的照片。如果没有拍好,可马上重新拍摄,直到拍好为止。

按下数码相机的"回放"键,LCD显示屏上就会出现刚才所拍摄的照片,利用"放大"键可以仔细观看被摄人物脸部是否清晰。不好、不需要的照片可以删除,以节约存储空间。照片的删除操作可以直接利用"删除"键钮删除。"删除"键钮有图标或符号"DELETE"两种表示形式,只要按一下键,就可以删除照片(见图1-1-27)。删除之后,半按一下快门钮,进入拍照模式,就可以重新拍摄照片了。

小贴士　闪光照明小技巧

1. 防红眼

暗弱光线下使用闪光灯拍摄人物,当人眼正视镜头时会因为视网膜血管的反射,而使瞳孔呈红色,这就是"红眼现象"。启动相机上的防红眼功能(见图1-1-28),就能防止这一现象出现。其工作原理是,闪光灯预先发出约一小束光,使人眼收缩瞳孔后再发射强烈闪光。

● 图1-1-28 防红眼模式和标志

2. 强制不闪光

当我们采用一些自动拍摄模式时,相机很多时候会自动启用相机上的小闪光灯照射被摄物体。但是机顶闪光灯只是顺光照明,拍摄的照片画面上前亮后暗、影像不够自然。有时还不如利用现场光拍摄的效果好。这就要强制关闭闪光灯(见图1-1-29),保持自然光照明效果。

● 图1-1-29 强制不闪光

● 图1-1-31 相机与计算机连线

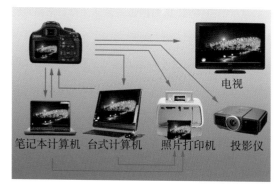

电视

笔记本计算机 台式计算机 照片打印机 投影仪

● 图1-1-32 照片的输出

六、照片数据下载、传送与输出

1. 照片下载

拍摄结束后,应该将数码相机上的照片文件转移到计算机、网络或移动硬盘上,进行专门的整理与保存。

数码照片传输到计算机和网络的方式主要有两种:一是采用数据线连接相机与计算机来传送,还有一种是利用读卡器插装存储卡后连接计算机来下载(见图1-1-31)。

2. 照片的输出展示

我们拍摄的数码照片,具有多种展示和输出方式(见图1-1-32),或通过计算机屏幕显示,或直接与电视机连接观看,或通过网络远距离传送,或通过投影仪在大屏幕上展示,或通过打印机打印照片,也可以通过数字彩扩店以及网上冲印得到照片,以及通过喷绘机制作大幅面或超大幅面照片。

3. 柔化闪光

闪光灯直射照明时,会造成人物出现生硬阴影,黑白反差大,人物脸部显得不够圆润。如果我们想要在闪光照明的同时又能调节明暗反差,就要柔化闪光灯的光线。在闪光灯上加乳白色柔光片(见图1-1-30)或蒙上白色织物(如手帕、纱布等)直接向人物闪光,可产生柔和的闪光效果。

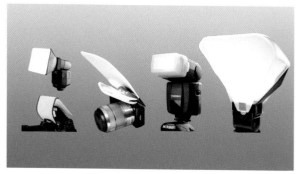

● 图1-1-30 闪光灯柔光方式

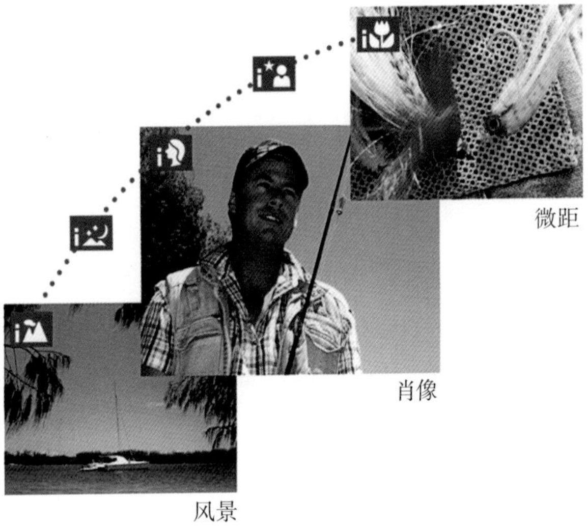

微距

肖像

风景

● 图1-2-1 场景模式符号

数码相机正越来越高度智能化,科学家和设计家根据常见拍摄题材和对象的特点,在相机上设置有多种智能拍摄模式——场景模式,实现了简便实用的自动化拍摄,极大地方便了普通大众的摄影。

这些常用拍摄模式,应对的正是普通大众日常面对的主要题材和对象,比如人像、风景、花草、生活场景等(见图1-2-1)。我们了解了这几种拍照模式的效果和特点,再掌握如何拍摄人像、风景和花草等实用摄影技巧,就可以按需要选择和拍好各种被摄对象。

以下我们将常用拍照模式与实用拍摄技巧对应起来,同步讲解如何拍摄人像、风景、花草、运动等题材对象。

一、如何拍摄人像——"人像"模式的应用

(一)"人像"拍摄模式

"人像"模式是数码相机上专门为了拍摄人像画面而设计的自动化工作模式,也是平时使用最多的场景模式。在调控盘上将"人像"模式标符调到工作位置,就进入了"人像"模式(见图1-2-2)。

在"人像"模式状态下,相机会自动选择较大的光圈(光圈值较小),使背景出现比较虚化的干净效果。这样做的好处是,焦点处的人物主体非常清晰,背景中的景物会模糊虚化,达到人物更突出的目的。"人像"模式在色彩表现上也有明显的风格——画面整体呈现出偏红、黄色或橙色等暖色调,适合美化人的肤色。不过,各个厂家的数码相机的"人像"模式色彩表现略有差别,例如佳能(CANON)相机会偏红、柯达(KODAK)相机略偏橙色、索尼略偏黄色调。

● 图1-2-2 "人像"模式

头像特写

胸像范围

大半身范围

七分身范围

全身范围

● 图1-2-3 人像景别示意图

（二）如何拍摄人像

拍摄人物照片是最常见的事情。不管是拍摄白发老者的微笑，还是抓拍孩子的蹒跚学步，或者表现青春少女，都是人像摄影的范围，都将是我们珍贵的影像记忆。

1. 人像景别安排好

选择和确定人像景别是拍摄的第一步。人像景别一般划分为全景、中景、近景、特写四大类（见图1-2-3）。

全景（全身像）包括人物从头到脚的整个身体；中景（半身像）从头部到腰部或膝盖；近景（胸像）是指头部到胸部，但以脸部形象为主；特写（头像）只有人物头脸部位。

拍摄人像时要注意变焦镜头的适当应用。拍摄全身像时，采用广角端；拍摄半身像时，多用中间（标准）端；拍摄胸像和头像时，多用长焦端。

小贴士　　数码相机保养与维护

① 避免直接对准太阳拍摄，防止强光烧坏相机内部元件。

② 避免汗水、灰尘、油污等沾落镜头，影响镜头成像。

③ 安装UV镜，防止镜头受意外的损伤或尘污。

④ 使用与存放中，不要让重物挤压、划花LCD液晶屏。

⑤ 相机应防止风沙、灰尘侵袭，防止日晒雨淋。

⑥ 外出途中，避免相机震动、碰撞、摩擦而造成损坏。

⑦ 相机保存在干燥阴凉处，勿受潮、高温、接触腐蚀物。

⑧ 相机故障时应到专门维修点修理，不要自行拆卸相机。

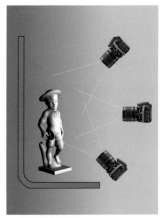

（a）拍摄高度示意图

（b）不同拍摄高度效果图

● 图1-2-4　拍摄的高度

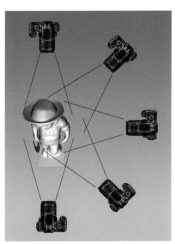

（a）拍摄方向示意图

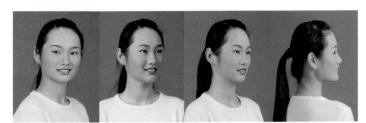

（b）不同拍摄方向效果图

● 图1-2-5　拍摄的方向

2. 拍摄角度有讲究

拍摄角度是指我们拍摄时相机高度与方向两者的综合。

相机高度分为俯拍、平拍和仰拍三大变化。俯拍时镜头高于被摄人物，使对象显得低矮、压缩。平拍时镜头与被摄人物水平相同，画面中人物显得正常自然。仰拍时镜头低于被摄人物，令对象变得高大、拉长（见图1-2-4组图）。

拍摄方向主要分为正面像、七分像、三分像、侧面像等变化（见图1-2-5组图）。正面像适宜于表现五官端正匀称的形象；七分像和三分像使人物变化多样，立体感和轮廓都很明显；侧面像有利于展示人物侧面的轮廓线条。

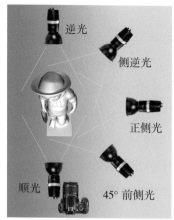

（a）光的方向示意图

3. 光线变化影响大

光线从什么方位和角度照射，人物的造型表现都会各不相同。所以我们要认识不同角度光线的照明特点，在拍摄人像时合理利用。光线的照明方向与造型效果是我们需要了解并掌握的（见图1-2-6组图）。

顺光照明时，人物受光均匀，皮肤质感细腻、色彩好，缺点是立体感较弱。前侧光照明时，人物明暗层次丰富，立体感较强、色彩好。顺光和前侧光在人像拍摄中使用较多。

正侧光照明时，人物亮面和暗面各半，反差很大（阴阳脸）。侧逆光照明

顺光　　　　前侧光　　　　正侧光　　　　侧逆光　　　　逆光

（b）光的方向效果图

● 图1-2-6　光的方向

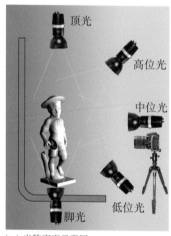

（a）光的高度示意图

时，人物受光面小、背光面大，局部轮廓突出，质感和色彩不好。逆光照明时，人物轮廓边缘受光，正面暗淡无光，层次质感和色彩都不好。运用这几种光线时，要慎重和控制得当。

此外，我们还需要熟悉光线的照明高度（见图1-2-7组图）。高位光时，光照效果正常，人物形象表现正常良好，是最常用的人像拍摄用光。顶光时，人的眼窝、鼻唇沟和下巴颏出现深黑色阴影，对表现人物形象不利，一般不使用它拍摄人像。脚光时，光照反常导致阴影向上投射，形成神秘阴险的视觉效果。

脚光　　　　低位光　　　　中位光　　　　高位光　　　　顶光

（b）光的高度效果图

● 图1-2-7　光的高度

● 图 1-2-8 春风里 陈莉摄

（a）

（b）

● 图 1-2-9 小家庭 朱晓军摄

4. 人物纪念照小窍门

拍摄人物纪念照看起来简单，但是要拍得好看、特点鲜明，又有纪念意义，有几点是需要掌握的。

一是人物纪念照要以人为主，风景为辅。

二是拍摄外景纪念照宜用顺光和前侧光，尤其是多云天的柔和光线效果最好。如图1-2-8《春风里》就是在上午的柔和光线下，专门选择前侧光方向拍摄的人像照片。在此作品中，人物皮肤色彩和细节都有很好的表现，虚化的树叶增加了几分动感。

三是遇到逆光、顶光下拍摄纪念照，会出现黑脸、黑眼窝、黑鼻影等不好的效果，可采用闪光灯补光照明来改善。如图1-2-9《小家庭》的对比效果，（a）图人脸部有大片阴影，用闪光灯辅助照明后，（b）图人物就明亮美观了。

● 图1-2-10 母子 龙父摄

● 图1-2-11 伙伴 叶君奋摄

表1-1：常见证件照规格

证件照尺寸	主要用途
1寸照（2.8cm×3.8cm）	用于毕业证、驾驶证、身份证等
2寸照（4.5cm×4cm）	用于结婚证、职称证、学生证等
小方2寸照（4.5cm×3.3cm）	主要用于出国护照等
大方2寸照（6cm×6cm）	主要用于出国官员证等

小贴士　　证件照与团体照

1. 证件照

证件照是验证个人真实相貌的图像档案，主要用于身份证、护照、驾驶证和学历、职称证件等。证件照拍摄要求：被摄者姿态端庄稳重，正面看着相机，耳朵、双肩齐全并露出锁骨和衣领尖，人像居画面中线，四周微留空隙，单色背景（多为白色）。

室外自然光拍摄证件照，首选柔和光线（如多云天、阴天或房屋背阴处），同时要注意背景的干净统一。

常见的证件照规格如表1-1。

2. 多人合影与团体照

多人合影与团体照的拍摄，都遵循着证件照的基本要求，具体处理大体相同，只是涉及的人数有差异。凡是两人以上的都属于合影，例如好友照、母子照（见图1-2-10）；还有三人合影，如小家庭、姐妹照、同学照；多人合影，如同事、同学、旅游集体照等。团体照主要是指被摄人数在15人以上（会议合影、毕业合影、集会合影等）。

拍摄多人合影照的重点是人员的站位组合。通常男高女低，男左女右，女前男后，瘦前胖后，中间高两边矮，领导或长辈在中心、晚辈在两边。画面以横构图为宜，人物头部上方的空间应比脚部下方的空间多一些。人物之间要注意相互错位，避免前后遮挡，使画面整体协调，前后敞亮。室外拍摄时可选择顺侧光或背阴处的散射光，以保证均匀的照明。如图1-2-11《伙伴》，就是在背阴处拍摄的，所以人物脸上光照柔和；活泼自由的人物聚集形式使画面生动有趣。

器材的使用上，一般采用标准镜头拍摄和三脚架稳定相机。

最后拍照时，用口令"一、二、三"引导拍摄，并提醒众人眼看相机，防止人物眨眼，要重复多拍几张以备挑选。

（三）人像作品赏析

1. 《少女情怀》（图1-2-12）

这是一幅很好的人像作品，是现场快速抓拍而得，因此人物的表情显得非常自然生动，将女孩发自内心的喜悦完美地表现了出来。景别安排合适，主体居中而两边用别人的衣帽来衬托，加上背景的虚化，都使得这个微笑的女孩更加美丽。

● 图 1-2-12 少女情怀 朱晓军摄

● 图 1-2-13　外景合家欢　色色摄影

2.《外景合家欢》(图1-2-13)

自然环境下合家欢画面，人物排列疏落自然、明朗斜射的阳光和统一合拍的视线，是这幅大合影的优点，值得学习借鉴。外景拍摄合影首先要考虑合适的光线，以保证人物肤色真实；如果还想精彩生动，姿态造型就非常关键，这幅照片中人物高、低、立、坐的排列分布很好，显得非常自然。

● 图 1-2-14　空姐　刘洪摄

3.《空姐》(图1-2-14)

美丽源于自信，优雅来自温柔，这幅精彩的人物肖像给我们许多的启示。当然，这都要依靠摄影师的艺术处理才能实现。阳光从斜前方照亮了人物，明亮、均匀、色彩漂亮；奥运建筑作为背景，特色鲜明；两手环抱、抬头微笑，姿势优雅大方。如此组合起来，达到人美、景美、照片美的效果。

二、如何拍摄风光照片——"风景"模式的应用

（一）"风景"模式

"风景"模式是数码相机上专门为了拍摄风光、建筑等景观画面而设计的自动化工作模式，也是人们使用很频繁的场景模式。在调控盘上将如图1-2-15所示的模式标符调到工作位置，就进入了"风景"模式。

在"风景"模式下，相机会根据现场光线的亮度，自动缩小光圈来保证足够大的景深范围，或利用超焦点技巧，尽量使所拍照对象的从远到近的景物都清晰可辨。选用这种场景模式后，相机将会以景物的清晰形貌为重点，偏重于画面影像的饱和度和锐利度，使照片显得更艳丽和清晰。

正因为风景的主体主要是自然景物，所以部分厂家数码相机的"风景"模式还会专门强化绿色和蓝色的饱和度，主要是为了更好地表现风景中绿树、蓝天等常见自然对象。

● 图1-2-15 "风景"模式

（二）如何拍摄风景

草原一望无际，森林广袤绵延，常常诱惑我们频繁按下快门；高山雄伟壮美，大河婉转流长，也会激起我们的拍摄热情。

1. 取景构图第一关

当我们面对一个美丽的风景，是否能拍摄出同样美丽的照片，取景构图是第一关。如果想表现高耸与纵深的感觉，就应该用竖构图；如果用横构图，表现的就是宽广与开阔的感受；还可以用横向宽画幅来表现群山和草原的绵延不断。如图1-2-16《硫磺泉》组照中，图（a）作品为了展示泉水现场整体的开阔感，采用横向构图；而图（b）则是用竖画面构图，在表现环境空间的纵深感上更有利。

选取好了景物对象后，就要考虑安排对象在画面中的位置。一般情况下，可以将风景主体安放在画面中央，显得突出而明确。也可以将主体对象放到画面两边，这就要注意利用周围景物来陪衬补空。

数码摄影实用教程

（a）

（b）

● 图 1-2-16 硫磺泉 黄荣钦摄

● 图 1-2-17　古塔金辉　陈勤摄

2. 利用前景和背景来美化

选择各种物体做前景或背景，可构成鲜明的空间层次，能使主体得到烘托，也是美化效果与渲染气氛的重要手段。前景和背景还有提示作用，比如用积雪冰川说明雪域高原特点，利用海滩礁石表现大海，选择小桥流水交代江南水乡。

怎样去获得好的前景和背景呢？主要从漂亮的图案、线形结构和烘托效果上来寻找。比如一扇雕花门窗、一蓬弧形的竹枝或树叶等做前景，既能装饰画面，还有收拢视线的作用。如图1-2-17《古塔金辉》，就是借用了下垂的一蓬树叶作为前景，形成了门帘效应，既填补上方的空白，又拉开了空间深度。

3. 色彩要鲜明亮丽

在彩色照片中，色彩效果及主要色调是很重要的表现元素。风景照片中，选择什么色彩入画，以哪一种色彩为主，我们通过色彩展示自己什么样的情感意趣，是需要考虑清楚的。

一幅好的风景照片，在色彩表现上有以下几个特点。一是色彩基调明确，构成统一的色彩倾向。例如以红色、橙色为主的暖色调，以蓝色、青色为主的冷色调。二是色彩的选用宜少不宜多，色彩多了容易繁杂无序；色彩少了易于控制安排。三是用明亮色彩做主角，用暗淡色彩作配角。如图1-2-18《苍穹》，用蓝色作为基调，天幕中一轮明月高悬，漫卷的红霞鲜艳又呈现出一种动态，并与黑色山顶巨石和人物剪影形成对比。画面冷暖互补，简练而别有情趣。

● 图 1-2-18　苍穹　陈玉臻摄

数码摄影实用教程

（三）风景作品赏析

1. 《南尖岩风光》（图1-2-19）

放眼望去，层峦叠嶂，从青绿到蓝黛，从竹林到云海。作品采用广角镜头和小光圈拍摄，聚焦点定在明亮的梯田处，获得了极大的景深范围——从近处的竹林到天边都清晰可辨。把南尖岩山区美丽的风景地貌，完整细微地展示在我们眼前。

● 图1-2-19　南尖岩风光　陈勤摄

● 图 1-2-20　飞鸟云　黄荣钦摄

2.《飞鸟云》(图1-2-20)

作品构图上用主要的篇幅来安排飞鸟状的云霞，使这一特别形态的云霞及其鲜艳的橙红色更加醒目。还有海面上停泊的众多渔船，也同时收入画面之中，就构成了运动与静止的对比。作者紧紧扣住形状与色彩的配合，就为我们奉献出一幅海边的风景画。

3.《云海佛光》(图1-2-21)

这幅拍摄于武夷山雨后的作品，抓住了云海与佛光同时出现的瞬间，利用稳重的山峰来衬托缥缈的云海，将佛光放在画面边沿，构图显得奇特，使人视觉上感到新鲜。拍摄佛光彩虹时应选择顺光和前侧光，才能使佛光彩虹得到较好的表现。

● 图 1-2-21　云海佛光　胡国钦摄

三、如何拍摄花草小景——"花草（微距）"模式的应用

（一）"花草（微距）"模式

"微距"模式是数码相机上专门为了拍摄花卉、小草还有昆虫等微小对象而设计的自动化工作模式，是不少人比较爱用的场景模式。在调控盘上将"微距"模式标符调到工作位置（见图1-2-22），就可以开始拍摄各种鲜花与小草了。

进入"花草（微距）"模式后，相机就会自动开启微距拍摄功能，可在很近的距离拍摄花草，以便将微小的花朵和昆虫"放大"观赏。同时，相机还会自动开启最大光圈，使主体花朵清晰而虚化背景（其他的花朵和绿叶等）。有的数码相机具有镜头微距功能，通过镜头变焦功能来实现放大细小的物体，获得很大的影像。

"花草（微距）"模式还有一个特点，就是采用这种模式拍摄的景物色彩大多鲜艳饱和，尤其是红色、绿色和黄色等色彩的表现，会显得比原来的红花绿草更夸张、更明显。

（二）如何拍摄花花草草

面对春天开放的百花、夏天萌生的绿芽、秋天如火的红叶，我们都会生发出无边的美感。给花儿留影，记录下美的形状，激发美的情思，是大众百姓都非常喜欢的事。

1. 花的造型要优美

善于拍摄花卉的摄影人知道，一幅作品美与不美，常常是由花朵的形态结构来决定。面对万紫千红，只有挑选花形花色漂亮的花朵，并将造型最美的部位，如花蕊、花苞尖、花瓣正面等作为主体重点，才真正开了一个好头。如图1-2-23《桃红柳绿》就很注意花的形态，从可以看见主体桃花的花瓣、花蕊的角度来拍照，使之得到最好的表现。

其次，一个好角度对于花朵的造型表现很重要。各种花卉的形姿和大小不尽相同，拍照角度的不同对画面的美观程度影响很大。从花朵的斜侧面拍摄，可以使花朵有立体感和层次变化；通过高低俯仰角度的选择，能避开干扰

● 图1-2-22 "花草（微距）"模式

● 图1-2-23 桃红柳绿 陈勤摄

● 图1-2-24 贵妃醉酒 夏晓军摄

● 图1-2-25 一叶知冬 丁丽燕摄

元素（残损、枯败）。有的花卉体形大，拍摄时要注意强调花蕊等部位；若是微小的花朵、草叶等，就要注意花与叶外观上的区别。

2. 红花要配绿叶

俗话说"红花还要绿叶扶"，就是指当我们发现一朵美丽的红花并想拍摄时，不要忘了配上几片绿叶作陪衬。这就是主色与配色的关系，也是主角与配角的关系。如此搭配的好处是，色彩上构成鲜明对比，可让红花更加醒目，画面也显得丰富多彩。如图1-2-24《贵妃醉酒》中，睡莲的花是艳丽的红色，叶子是碧绿色，两者互补，相得益彰。另外，红色（橙色）与蓝色（青色）、黄色与蓝色（青色）等搭配，都有这样的效果。

表现花朵的水灵滋润，也是此类照片感染人心的地方。如果觉得花朵干枯而不够水灵细腻，可对花喷洒适量的水，使花叶显得更新鲜、更水灵。这也就是不少人会选择雨后或清晨露珠未退时，去拍摄各种鲜花美景的原因。

3. 背景一定要干净

很多人拍摄花卉时感觉很不错，但是回家细看却显得杂乱。原因何在呢？大多出在背景处理上。真正好的花卉照片，环境背景都处理得干净简洁，使花朵主体得到突出。

简洁净化背景可以采用多种技法。一是采用相机的"微距"模式或专门的微距镜头拍摄，这是最常用的一种方法。其优点是可以近距离捕捉花朵、树叶和果实的主体部分，如花蕊、叶脉和果仁等，放大展示其局部细节和特征。二是使用大光圈来形成很小的景深范围，获得背景模糊不清但花草主体清晰的效果。三是使用长焦镜头远距离拍摄花卉，这一方法兼具虚化背景与放大主体的两大功能，既可将远处的花卉拉近放大，又可将背景杂物变模糊，获得背景干净的画面。如图1-2-25《一叶知冬》的背景，被长焦镜头虚化成朦胧状，既交代出季节也更好地衬托了主体。四是用单色布、纸（如白纸、红布等）放在花朵后面做背景，解决现场中背景杂乱的问题。

数码摄影实用教程

（三）花草静物作品赏析

1. 《郁金香》(图1-2-26)

该作品就像是一首前奏曲，拉开了花仙子华丽表演的帷幕。背景中的花朵虚化成身姿绰约的舞者，陪衬着画面中心的主角，清晰显眼。长焦镜头加上大光圈的运用，使画面中影像产生了模糊与清晰的对比，很好地突出了主体——中心的郁金香，浓重的色彩效果让画面显得更为火热与丰富。

● 图1-2-26　郁金香 许冬青摄

● 图1-2-27 野火烧不尽 陈勤摄

● 图1-2-28 春之歌 晨馨摄

2. 《野火烧不尽》（图1-2-27）

夕阳下、荒野上，几株野草花迎风摇曳，洋溢着生命的情趣，作品让人想起唐诗"野火烧不尽，春风吹又生"。画面中橙黄与幽蓝交织，冷暖相生。除了主体野草花之外的景物都已是模糊形态，并是大片的深暗色的影调，这使白色明亮的主体对象突出而跳跃。

3. 《春之歌》（图1-2-28）

画面上的花朵顾盼生姿、洁白雅致，再加上一片纯白的背景，就创造出一首春天的歌，清新悠扬。此作品在拍摄技巧上，有两点值得借鉴：选好错落有致的花朵后，向上仰拍花与叶，减少其他花叶的干扰；白色干净的背景其实是天空，曝光故意多一些，就出现了这样的效果。

　　　　　　　　　　　数码摄影实用教程

四、如何拍摄新闻和生活——"运动"模式的应用

（一）"运动"模式

"运动"模式是数码相机上专门为了拍摄人物活动等动态场面而设计的自动化工作模式，也是平时使用最多的场景模式之一。在调控盘上将"运动"模式标符调到工作位置（见图1-2-29），就进入到"运动"模式，可以开始抓拍人物的各种活动场景，乃至快速多变的事件与瞬间。

选用"运动"模式后，相机会以保证所拍摄片的影像清晰度为首要前提，自动安排相应的工作数据。这主要是通过首选高速快门来实现的，为此可以自动调配大光圈和较高感光度，以便将令人目不暇接的运动瞬间"定格"下来。

我们身边有很多的运动场面，比如短跑冲刺、赛车飞驰以及各种激烈的球赛等体育活动，还有飞机起飞、火车奔驰和各种突发事件等瞬间，大多在快速变化中，只有在高速快门下才能拍摄下来。在"运动"模式中，相机的快门速度一般在1/200秒以上，如果是光照充分明亮的条件下，则会自动向更快、更高的速度上设置，如不低于1/500秒。这样即使是拍摄飞驰对象，如快艇、赛车和短跑冲刺，也都能得到影像清晰的"凝固"效果（见图1-2-30）。

● 图1-2-29 "运动"模式

● 图1-2-30 波光飞舟 叶君奋摄

● 图1-2-31　专业范儿　王萌摄

● 图1-2-32　小店主　许晓春摄

（二）　如何拍摄新闻和生活照片

纪录真实生活，保留历史档案；反映社会现象，交流各类信息。反映社会生活和各种事件等纪实类照片，不光是当前各种媒体传播的主要内容，还具有直观清楚的形象优势——图像很容易让读者一看就明白是在说什么。

1. 以人为主抓事件

不管是新闻照片还是生活照片，都是以表现人的学习、工作和生活为主导的。新闻照片以记录报道现场人物的新闻信息为主要任务，其中有很大一部分就是人们生活瞬间的报道。在这两大类照片中，拍摄重心应将人放在第一位。

以人为主，即以人物的动作情节为主导，抓住人物表情的瞬间变化。有情节的人物活动，会让观众迅速关注；有表情的人物瞬间，会使观众容易感动。如图1-2-31《专业范儿》就是抓住一个精彩的瞬间——3岁小孩沏茶的"专业动作"，来表现当下社会注重对于传统文化的传承，有趣也容易认知。不管是重大的事件，还是细小的琐事，有好的表情和典型的情节，照片就能吸引观众的视线。

2. 注意镜头与景别变化

在表现人物活动的照片中，摄入人物的比例与画面景别大小是有讲究的。全景画面具有统括全局、展示大场面、完整交代事件环境的优势。拍摄全景照片时一般应站得高一些、远一些，有经验的摄影者多会使用广角镜头来拍摄全景，尤其是离对象很近时。

中景画面擅长讲述故事。一张中景照片基本上可以反映生活场景的概要，包含了新闻事件的重要元素。如图1-2-32《小店主》所示，就是采用中景画面，来描述一个小杂货店女老板自己动手制作产品的场景。在拍摄这类照片时，主要使用标准镜头和广角镜头。近景与特写画面在突出重要的部位方面，有

● 图1-2-33 送龙舟系列 石昌武摄

很好的效果。我们可使用长焦（200mm以上）镜头将远处的物体拉近，或使用标准镜头、广角镜头离物体很近地拍摄，都能将物体特别"放大"，产生很强的视觉效果，引起读者感情的共鸣。

如果条件许可，可以拍摄组照，包含几种景别的画面，对主题内容的表现可以更充分。如图1-2-33《送龙舟》就是用一组照片来表现民俗活动"送龙舟"，作者根据不同的内容，分别采用了近景、中景和大全景等不同画面景别，变化多样又合理。

3. 抓拍是最好方法

抓拍就是不设计、不摆布、不干涉对象的拍摄，抓拍的好处是被摄人物显得自然放松。人们多采用下面三种方式来抓拍生活类照片。

一是静等精彩出现。这就是先准备好，等待被摄人物在活动中出现最佳瞬间后抓拍。如图1-2-34《赶集去》就是很典型的一例，作者预知到被摄对象会回头，便调整好画面等待拍摄。只要弄清楚人物的活动规律，又有充裕的时间来调整位置、镜头、构图、角度等环节，往往可以获得很精彩的照片。

二是抢拍快拍。当我们遇到重大事情和突发事件时，如婚礼现场、重要会议、地震火灾、家庭聚会等，为了不遗漏相关重要信息，就必须抓拍、抢拍、快拍，尽量记录下现场人物的众多信息。

三是隐蔽偷拍人物。为了不惊扰被摄人物，不影响现场活动的进程，可以采用偷拍的特别方式。具体做法有两种：或者使用长焦距镜头从远距离偷拍，或者是伪装隐藏相机近距离偷拍。如图1-2-35《列车上睡觉》记录的是春运期间，乘客在火车上的无奈睡相，作者事先准备好相机，当疲倦的乘客"坐睡"后，偷拍下这幅生动自然的场景。

● 图1-2-34　赶集去　石昌武摄

● 图1-2-35　列车上睡觉　陈勤摄

数码摄影实用教程

（三）新闻纪实类作品赏析

1. 《合格啦》（图1-2-36）

新闻纪实类的摄影作品就是要用直观鲜明的视觉形象，去反映我们生活中有关事件的情节、内容和意义，而不是文字绘画等其他方式。作品《合格啦》就是很好的一例，经过观察和等候，抓住师徒之间交流的最佳瞬间。画面简洁自然、亲切温馨，真实的工作现场，点明了所从事的工种性质。

● 图1-2-36 合格啦 石昌武摄

● 图1-2-37 我们的队伍向太阳 晨磬摄

2.《我们的队伍向太阳》（图1-2-37）

元旦长跑，已经是许多地方的新年盛事。这一天跑步的人们，精神状态如何、穿什么衣服等等问题都是大众所关心的。这幅作品主题鲜明，人物服装整齐，动作舒展随意，这主要得益于拍摄的时机；更精彩的是迎着旭日飞舞的大旗——金色而闪亮，还有人们脸上的笑容——自信而从容，让我们感到了跑步人向前、向上的精神风采。

● 图1-2-38 哀思汶川 陈勤摄

3.《哀思汶川》（图1-2-38）

汶川地震，全国同悲。校园里的青年学子用蜡烛和真心，遥寄一片哀思。作者利用座椅支撑拍照，以免相机抖动——保证在暗弱光线下可以长时间曝光。利用人群的弧形排列来安排画面，构成斜线延伸，加强空间感。选择日光色温模式，使人物皮肤呈现偏暖的橙黄色，符合现场光源特点，真实自然。

1. 投稿五要则

普通摄影人手中的新闻照片，也可以尝试投寄给媒体。以下几条对我们顺利地寄达和发表新闻照片很有用。

一是认清自己拍摄的新闻照片类型，选择合适的网络、报刊和栏目。二是按报刊要求上传或制作新闻照片，注意保证良好的影像质量。三是要写好文字说明。新闻照片是图文结合一体来说清新闻信息内容的。四是留下作者通讯方式，便于编辑联系交流，讨论补充完善稿件和深入拍摄、发稿事宜。五是要快，力争抢在别人前面发表，否则你的新闻就没有价值了。

2. 什么是好新闻照片

第一要素是真实。"真实是新闻的生命"，因此新闻照片的真实与否是其成败的关键。但是，从新闻摄影诞生之日起，就一直存在着真实可信与虚假失实的矛盾，尤其在计算机、数码相机和数字化图像处理技术高度发达的今天，新闻照片的真实性面临着更严峻的挑战。

要真实就要做到两点。一是保证真人真事——我们拍摄的内容应当符合真人真事的本来面貌。西方新闻界的"五W"定律就指这条，即何时、何地、何人、何因、何事（英文词汇里第一个字母都是"W"）。二是保证总体真实，即人物的基本面貌、本质特点与活动瞬间的真实，应该避免"失真"。

第二要素是抓新闻事件。不管是大新闻还是小新闻，其中是否有新闻价值很重要。行内公认有四点：新鲜——对于人们来说，越新鲜的、未知的越好。重要——报道的事件与人物，意义重大，影响广泛。快速——第一个到现场，第一个拍照，第一家发稿。独到——从事件内容到拍摄角度，都具有独家和特殊的新闻价值。例如图1-2-39《1842年汉堡大火灾》就是如此，这是世界上第一幅刊登此事件的新闻照片，记录了1842年5月5日至8日德国汉堡大火灾的重大新闻事件。

● 图1-2-39　1842年汉堡大火后的废墟 比欧乌·史特尔茨纳摄

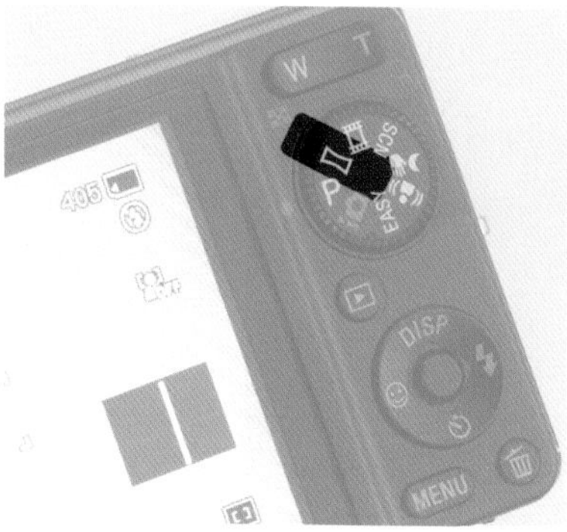

● 图1-2-40　"全景"模式

五、如何拍摄大全景照片（多画面拼接）——"全景"模式的应用

（一）"全景"模式

"全景"模式用来对一个很宽广的大型景物进行完整记录，即拍摄全景照片。要实现这个目的，常常需要借助于多画面合成（接片）的方法。一般是通过专门模式

（a）校园风光
素材

（见图1-2-40），或在工作菜单中，选择进入到"全景"模式状态，就可以进行全景拍摄了。

其基本原理是搜索两张图片的边缘重合部位，自动拼接合成为一张图片。以往的"全景"模式相机主要是用三张照片拼接成一张全景照片，而且都是需要手动辅助完成。目前很多相机有了非常好的全自动拼接全景功能，如索尼和富士的智能全景拍摄功能，只需用相机对准全景"扫描"一圈，就可得到一张拼好的全景图片。整个过程只需要按一下快门，之后连续转动相机即可，和拍摄电影有点相似。

（二）如何拍摄全景照片

场面越大的照片，容纳的景物就越多，提供的影像信息也就越多，可以给观众留下更多的记忆。

1. 注意透视和水平

一幅好的全景照片，除了场面宏大开阔之外，景物比例正常和透视统一也是很重要的保证。所以，保持地平线（水平线）的一致和水平是拍摄全景照片的第一要求。

保持地平线相同，就是在分开拍摄几幅准备合成的素材照片时，其中每一幅照片中的地平线（水平线）高低位置一致。例如，准备拍摄三张照片合成一张全景照片，那么这三张照片中的地平线就要统一，比方说都在画面的下1/3处、或1/2处、或上1/3处。如图1-2-41《校园风光》就是拍摄三张后拼合成一张，其中三张照片的地平线都统一在画面1/2左右。

（b）校园风光全景

● 图1-2-41　校园风光

（a）素材图

（b）拼合后

● 图1-2-42　全景图

地平线水平统一了，才能使被摄的众多建筑保持透视感统一、真实，也才能使最后合成出来的全景照片呈现出正常自然的空间感。要做到这一点也不难，拍摄全景照片时，相机机位的高度和方向保持不变，利用身体正侧的旋转分别拍摄几张素材照片即可。

2. 明暗色彩要一样

一种物体的结构外形，在不同方向的光照下是不一样的。全景照片应该保持统一的照明效果，即明暗与色彩要一致。因为它是将几幅照片素材合成为一幅更大、更宽广的照片，如果其中的照片素材效果不一致，得到的照片就会让人感觉不真实和混乱。

比如说用光要一致，选择前侧光拍摄一个大型建筑物，就应该在待拍的几幅素材照片中都保持前侧光效果，合成出来的照片效果就没有破绽。还有色彩要一致，选择晴天色温拍照，几幅素材照片就都应该是晴天色温的效果。这也要求我们的拍摄不能拖拉，要尽快完成。如图1-2-42《全景图》拍摄所出的问题，就在于拍摄素材时光源和色温不统一，导致合成的全景照片混乱失真。

3. 多选高处拍摄点

不论是自然风景，还是城市建筑，通常都高大并连绵不断。若要完整拍摄下来，我们就应该记住一句话："站得高看得远。"也就是选择拍摄点时，尽量寻找山顶、山坡、高楼、电视塔等制高点，有利于看清楚山川和建筑物的全貌，也有利于拍摄（见图1-2-43）。

拍摄全景照片的机位有几点要注意。一是要避开前景杂物的干扰，使前后景物都得到展示。二是拍摄高大建筑物时，相机机位应选在等同该建筑中层的高度，可以避免建筑对象变形失真。三是要考虑主体景观的周围环境和留空白，使画面显得疏朗自然。

● 图1-2-43　高处拍摄

（三）全景作品赏析

1.《世博花冠》（图1-2-44）

城市景观中的主要标志物，总是我们的重心所在。北京的天安门，上海的世博馆，都是国内外游客眼中的中国形象标志。这幅作品以上海世博园内世博轴的巨大装饰为对象，采用两次曝光和拼接照片的技法，将不同瞬间的画面组合起来，形成了形如花冠一样的对称影像和镜子一般对称的美。

2.《大理三塔》（图1-2-45）

该作品表现的是云南大理三塔寺园林景观。画面中白塔、碧水、苍山沿画面中心水平线展开，在镜子般水面的映照下，众多美丽的景物上下相映成趣，妙不可言。晴朗充足的光照，也使景物的层次和色彩都得到了很好的表现，形成了一幅美丽图画。

● 图1-2-44 世博花冠 陈勤摄

数码摄影实用教程

● 图 1-2-45 大理三塔 胡国钦摄

3.《霞舞温职院》(图 1-2-46)

漫天的彩霞，营造出温暖喜庆的氛围；宽广的画幅，排列出宏大整齐的建筑。作品是用5张画面拼合而成的，在远近透视和明暗影调等方面都没有出现瑕疵，后期制作到位。在构图安排上，有意使大型楼房居中矗立，成为作品响亮醒目的重心；在色彩的运用上，采用浪漫夸张的手法，使画面呈现出壮丽、灿烂的色彩。

● 图 1-2-46 霞舞温职院 晨馨摄

六、如何拍摄连续画面——"连拍"模式的应用

（一）"连拍"模式

"连拍"模式是数码相机上用来连续拍摄多张照片的自动化设置，连拍主要用来拍摄运动对象，具有高速抓拍、多拍选优、记录连续动作等明显优点，是非常实用的自动化功能。从菜单或者通过快捷键，都可以选择进入"连拍"模式（见图1-2-47）。

在"连拍"模式下，只要按下快门不松手，相机就会按5张/秒左右的频率工作，自动连续拍摄照片。每秒能拍摄的张数越多，就说明该相机的连拍功能越强。连拍速度对于专业摄影而言是必须重视的指标——越多越好，但对于普通爱好者，就不必要求过高了。像普通数码相机的连拍速度，一般在5张/秒左右（大容量图像文件格式），这已经是很强大的功能了。

对于连拍的工作过程，光线充足是很重要的条件，现场光线暗弱时，连拍就需要把ISO感光度设置到高挡位。

（二）如何拍摄连续画面

通过高速连拍，我们可以将运动物体的复杂变化完整记录下来，不会错过任何一个精彩的动作瞬间和有趣的人物表情。

1. 选用"伺服自动对焦"模式

连拍是高速自动化的拍摄过程，1秒钟就要拍摄好几张照片，这时若要保证被摄对象都是清晰的，就必须都是对焦合实、准确的状态。因此选用什么样的对焦工作模式，是非常关键的。我们建议，在连拍时应采用"伺服自动对焦"模式。

道理很简单，静止对象焦点固定，连拍多少张都不会出现焦点的移动与调整。但是运动对象的移动，就会造成焦点的变化。所以在连拍时，不管是静止对象还是运动对象，都应采用"伺服自动对焦"模式，来自动跟踪对焦，这

● 图1-2-47 "连拍"模式

5张/秒连拍示意图

定格精彩瞬间

● 图1-2-48 马术比赛连拍

是专门用来拍摄运动物体的自动化对焦方式,可以实现高速自动的跟踪对焦。

如图1-2-48《马术比赛连拍》所示,在拍摄马术比赛时就运用了"伺服自动对焦"模式,当运动对象高速竞技时,我们只需按下快门不松开,就可以获得一组连续画面,记录着不同的瞬间,从中我们可以选择一张最精彩的动作画面。

2. 选择中低精度连拍

连拍能力的大小——连拍数量的多少,是一个综合性的功能,与我们选用的图像格式(大小和精度)有关联。

一般情况下,许多数码相机在连拍时,得到的照片精度(分辨率)会下降。有些数码相机可以选择连拍格式,来获得快慢不同的连拍数量。其中的变化规律是,选择精度低的图像格式,连拍速度可以加快(每秒拍照数量多);选择精度高的图像格式,连拍速度就会变慢(每秒拍照数量少)。

通常,我们只需要5张/秒左右的连拍速度,就足以应付很多生活现场了。在使用"连拍"模式时,还要注意一点,就是连拍状态下存储卡的容量,最好准备一个大容量的卡。

3. 注意跟踪和提前量

连拍大多是用来抓拍运动对象和人物神态动作的变化瞬间。当摄影者面对高速运动物体或人物丰富的神情动作变化时,会无法认清、识别和捕捉这些运动对象的转换过程,就难以及时将这类运动过程的瞬间记录下来。

我们要连拍这个对象,并且拍摄好的照片,就要跟踪该运动对象,集中注意力观察人物的运动变化,抓住运动过程的精彩瞬间。这在操作技术上有一个窍门,就是要有提前量——就是在最精彩动作出现之前按下快门。因为按快门和快门释放之间有一个小小的滞后,只有提前才能赶上拍摄精彩瞬间。如图1-2-49《跳绳连拍》,为了拍摄绳子"交叉花样"过头顶的瞬间,就要提前按下快门——在起跳开始连拍5张,第4张正好是想要的照片。

跳绳两手交叉动作分解示意图

跳绳——两手交叉过顶

● 图1-2-49 跳绳连拍

● 图1-2-50 看戏老太 石昌武摄

1. 《看戏老太》（图1-2-50）

这是一个很典型的神情变化范例。在三幅画面中，老太太从木然到高兴再到开心的不同瞬间，很微妙、很真实、很传神，这也得益于连拍的利用。用光上也是值得称赞的，逆光既勾画了人物的轮廓，又烘托出老太太的人物特点；再加上紧凑的构图、头像景别，使得老太太的五官和皮肤都呈现出上佳的细节刻画。

● 图1-2-51 天鹅舞曲 黄荣钦摄

2. 《天鹅舞曲》（图1-2-51）

拍摄大约有几秒钟的时间，从第1张到第10张，记录了天鹅飞舞奔跑的一瞬间。天鹅飞舞动作在一眨眼中就结束了，如果是人用眼边看景边拍摄，很难把握住哪一个瞬间是最好的，但是用了连拍，一切就变得轻松简单了。拍完后，选出最好的几张放大就行了。

数码摄影实用教程

3. 《角抵》（图1-2-52）

连拍一个运动对象，最好的做法是在拍摄中，紧紧跟踪目标同时又适当微调相机，以便抓住最好的表情、动作和形态等。《角抵》就是这样得来的组照。几张照片人物有不同的动作和神态，但都很生动有趣，如果不及时调整机位来保持好的取景构图，是无法实现的。

● 图1-2-52 角抵 张王钟摄

七、如何拍摄夜景照片——"夜景"模式的应用

（一）"夜景"模式

● 图1-2-53 "夜景"模式

"夜景"模式是数码相机上专门为了拍摄夜晚的景观和人物等对象而设计的自动化工作模式。这个模式虽然不是频繁使用，但其特殊的任务和效果，是我们应该了解的。在调控盘上将"夜景"模式标符调到工作位置（见图1-2-53），就进入了"夜景"模式。

在"夜景"模式下，相机会自动设定高感光度、大光圈和尽可能快的快门速度（1/30秒或以上）进行拍摄。这是因为夜晚光线大多较暗弱，所以要防止低速度晃动带来的影像模糊。当然，摄影者也应注意保证相机的稳定，可使用三脚架等配件。

● 图1-2-54 相机闪光照明

有的"夜景"模式加上了自动闪光配合（见图1-2-54），可以对近处的人物进行照明，使现场人物与背后风景都有较好的表现。由于夜晚的光照弱，对焦不易操作，相机会启动闪光灯自动发射一小束光线来辅助对焦。另外，夜景中的光源多样复杂，相机的白平衡设置会以自动挡来灵活变动，以适应现场主要光源色温。

● 图 1-2-55 天安门之夜 王萌摄

● 图 1-2-56 外国人过中国年 天龙摄

● 图 1-2-57 依靠汽车拍摄

（二）如何拍摄夜景中的人和物

夜空星光闪烁、山野黑暗沉寂，让我们在寂静中感知世界；城市灯火通明、道路车灯轨迹，又留给我们火热新鲜的印象。

1. 明亮景物是重点

夜间照明的特点是光源多，除了天上的明月，还有建筑灯饰、街道路灯、民用灯光、节日礼花等。这些光源都是夜间亮度最高的对象，也是非常重要的现场要素。

从取景构图上看，我们应将拍摄重点放在明亮景物上，甚至就可以将各种光源作为对象，而舍弃那些黑暗无物的区域。具体来说，比如夜间天空深暗，可以尽量使其少入画。而一些漂亮的建筑景观，尤其是由灯光装饰的著名建筑，就可以反映得更多、更全，体现其重要性。这些著名建筑可以放在前景，也可以放在中间，还可以放在背景的位置上。如图1-2-55《天安门之夜》就是只以天安门城楼为对象，舍掉了附属的墙体和周围的环境，这些环境在黑暗中也不清晰，避免画面中出现过多的无用空间，使构图更紧凑。

重要建筑作环境背景，可以很好地体现拍摄对象，同时也是非常好的证明标志。例如天安门夜景，就是许多纪念照的重要内容，是不可替代的北京标志。

2. 拍人物要用闪光灯

充足的光照是我们拍摄的重要条件，可是夜间光照大多难以做到这一点，经常需要进行人工补光照明。尤其是拍摄人物照片时，应使用相机上的闪光灯，保证人脸部位的色彩正常、明亮合适。如图1-2-56《外国人过中国年》是一幅典型的夜间现场闪光人像，有了闪光照亮，这对情侣的幸福笑容和姿势都得到了清楚的再现。

夜间使用闪光灯拍摄人物，有几点要注意。一是光源小，亮度和范围都有限，就会出现被摄人物近亮远暗的急剧衰减，且明暗悬殊大。这就提醒我们不要拍摄大场面的合影，三人以内的合影效果比较有保障。二是启用闪光灯时，要考虑和现场环境光的平衡。主要是考虑人脸部的色彩要求，对此可用相机的白平衡来控制（一般设置为5 500K的"日光"模式）。这样人脸肤色就会显露正常色彩，而不会偏红或偏蓝，照片就显得正常真实。

3. 三脚架是保障

拍摄夜景一般需要较长的曝光时间，大多在1秒左右，有时甚至长到几十分钟。这时，如果摄影者手拿相机拍摄就会出现抖动摇晃，得到的影像肯定是模糊不清的，所以必须使用三脚架来稳定相机。

如果没有三脚架，可以利用现场中的栏杆、台阶、电线杆、树干等物体，或者是汽车顶、自行车座和椅子等工具（见图1-2-57）作为固定的依靠和基础，使相机在长时间曝光过程中不抖动或振动，保证所拍摄影像清晰。

（三）夜景作品赏析

1. 《东方之冠》（图1-2-58）

上海世博会期间，东方之冠（中国馆）总是人们视线的焦点，因为它造型美观、高大宏伟、色彩绚丽，代表着中华文明的辉煌。作者等到夜晚拍摄东方之冠，有两大好处：天是宝石蓝色，纯净而统一；中国馆灯光明亮，色彩是鲜艳的红色。两者相互配合，这样就使得中国馆更加突出，更有气派。

● 图1-2-58　东方之冠　陈勤摄

● 图1-2-59 夜深 黄荣钦摄

2.《夜深》（图1-2-59）

夜深人静，可城市却拉开了霓虹光色的帷幕。精准的曝光，让天空、建筑、水面的色彩很漂亮，轮廓很清晰，也就让画面充满了夜的趣味——安静之中又有流动。构图上也注意到天空、建筑、水面的平衡，高悬天幕上的一颗亮星，就是为了打破过多的黑色区域。

3.《凤凰初暮》（图1-2-60）

暮色苍茫，这是拍摄夜景照片的绝好时间。天空和水面有良好的层次和色彩，将众多建筑和灯光烘托出来，共同吟唱一首凤凰之夜的古城赞歌。画面的整体色调很好，以深绿和青黛为主，显得静谧，中心的橙黄色灯光虽然不多但显眼，且正好点明了天色渐暗这一时间背景。

● 图1-2-60 凤凰初暮 石昌武摄

儿童和宠物

用迅捷的快门速度,使清晰捕捉动态被摄体成为可能。

潜水

降低被摄体的青色,即使是水中的物体,也可表现自然的色彩。

水族馆

能够清晰、鲜亮地拍摄到在水族箱中的游鱼。

焰火

用缓慢的快门速度,完美呈现焰火的整体细节。

室内

即使在人工光照下的室内,也可表现自然的色彩,并抑制手抖。

植物

能够完美呈现自然中花草树木的鲜艳色彩。

ISO 3200

设定高感光度ISO 3200,能够让以往不使用三脚架或闪光灯无法捕捉到的场景,得以清晰呈现。

夜间拍摄

在夜晚或其他较暗场景下,可提高感光度或闪光灯的发光亮度,即使不使用三脚架也能有效抑制手抖,实现清晰拍摄。

海滩

即使是光线反射强的沙滩,被摄体也不会因此变暗,能够清晰捕捉精彩美景。

雪景

即使雪天光线的反射强烈,被摄体也不会变暗,清晰拍摄雪地美景。

色彩强调

将除指定颜色以外的部分拍摄成黑白效果。

色彩交换

将指定颜色变化成其他颜色。

(a)各种场景模式

(b)笑脸模式

● 图1-2-61　场景模式

八、其他场景模式

数码相机上的场景模式将会越来越多样,这既是为了强化相机的功能,更主要是为了让普通用户面对不同场景时能操作简易、快速、轻松地拍摄出比较精美的画面。比如,现在有不少数码相机上出现了美容美白功能、自动接片模式、笑脸模式等新的拍摄模式(见图1-2-61),为广大用户提供了新的选择和方便。

话说回来,由于这些场景模式是按某种程序设计而固定的,有一定的使用范围和限制,存在着一些不足。对于喜欢尝试和追求最佳照片品质的摄影者来说,就应根据各种场景模式的特点进行调节控制,才能获得最好的照片效果。

当今市场上，百样千种的数码照相机品牌和型号，常常让人眼花缭乱。对于初学者来说，应了解数码相机的主要类型和有关特点，以便根据自己的需要来挑选合适的相机。

一、普通分类

随着数码科技的快速发展，数码相机结构更加轻巧、类型更加多样，在照相机的分类上也有新的说法。目前社会上一般从使用人群和价位上来划分市场，将数码相机划分为家用轻便机、高档消费机、单反专业机三种类型。

（一）家用轻便机

这类相机的品种繁多、样式多变，而且整机都很小巧精致，有的小到像卡片一样可以放在口袋里，所以也被大众称为卡片机或口袋机，如图1-3-1就是一款名片大小、非常轻巧的数码相机。

家用轻便机的主要特点是镜头、机身和闪光灯一体化，功能全自动，操作极为简便，普通人都能轻易拍摄出不错的照片。家用轻便机采用的图像传感器基本上是微小化的，主要是1/2.5英寸、1/2英寸、1/1.8英寸、1/1.7英寸等尺寸，比专业单反相机要小很多。

虽然家用轻便机的图像传感器尺寸小，但对普通百姓记录家庭生活的需求来说是足够了。现在的家用轻便机拍摄的画面洗印8寸左右的纪念照（此类相机的主要用途），影像质量没有任何问题。再加上其低廉的价格，深受广大普通百姓的喜爱，成为最大众化的消费品。

（二）高档消费机

这类相机的体积一般比轻便机型要大（见图1-3-2），比单反机型要小，在样式上和价位上也明显较其他类型的相机要少。高档消费机大多也是采用镜头、机身、闪光灯一

● 图1-3-1　尼康卡片机

● 图1-3-2　富士高档机

体化的紧密结构,机内的图像传感器尺寸也不大,以1/1.8英寸、1/1.7英寸、4/3为多,CCD/CMOS尺寸越大,感光面积就越大,成像效果越好。如1/1.8英寸的300万像素相机效果通常会好于1/2.7英寸的400万像素相机效果。关于这部分内容详见第二章第二节中"感光元件的规格"部分内容。高档消费机拍摄的照片质量相当不错,可以洗印出12寸左右的精美画面,完全可以用于报刊画册及质量要求较高的宣传品印刷。因此这类相机得到不少白领阶层或发烧友的喜爱。

高档消费机的功能强大,在专业可控性上也比轻便傻瓜机更主动和精确。首先是镜头的大变焦比,目前一般在12倍左右,甚至有的达到18倍以上,这是专业单反机和家用轻便机都比不上的。其次是设置有全手动拍摄模式与全自动拍摄模式,既便于全自动快速拍摄,也可以进行全手动精细操作。另外,高档消费机大多具有一些个性化功能和扩展空间,由摄影师自己设定特殊功能。

(三) 单反专业机

这类相机往往体积较大,采用单镜头反光取景方式来观察被摄对象,并可以根据各种需要,自由配备和更换摄影镜头(见图1-3-3),具备各种专业功能和器材扩展配套空间,因此得到了高级发烧友和专业摄影师的青睐。

单反专业机大多是金属机身,因此坚固耐用;采用全画幅或接近全画幅尺寸的图像传感器,具有全手动拍摄等主动操作模式,可以精确细微地调控拍摄;可以更换使用广角、标准和长焦等不同焦距的镜头,闪光灯外置通用,构成强大的专业功能和配件扩充能力,价格自然也是比较高的。这些,都是家用轻便机和高档消费机无法相比的。由于单反机拍摄的画面品质高,可以胜任人像、新闻和广告等专业摄影需要。

● 图1-3-3 奥林巴斯单反相机

● 图1-3-4　佳能防水相机

● 图1-3-5　杭州LT120-1立体照相机

● 图1-3-6　徕卡LCD显示屏取景相机

（四）专门用途机

这类相机都是为了特殊的工作需要而专门设计的，例如水下摄影、天文摄影、微观摄影等都有相应的专用相机。有少数专用相机也是人们生活中的玩具，带给人们特别的快乐，其中最常见的有水下相机和立体相机两种。

水下相机的工作原理与普通相机相同（见图1-3-4），装有专门设计的防水金属机身和防水镜头，并配备有专门控制部件和取景器，使用传统胶片和数码载体都可以。现在也有一些普通数码相机，加装上专门的防水罩后，同样可以进行水下摄影。

立体相机的工作原理与普通相机有一些不同，其主要特点是相机装置有平行的两个或多个镜头（见图1-3-5），同时多视点记录被摄对象。拍摄同一景物，便得到几个不同视点的影像画面。后期通过专用眼镜，就可见到立体仿真视觉效果的照片。

二、专业分类

在专业研究中，主要是根据照相机的结构和功能等差别，进行相关分类。例如根据相机的取景方式分为单镜头反光、LCD显示屏和旁轴取景三类，根据相机的画幅大小分为135小型相机、120中型相机、大画幅相机等类型。

（一）LCD显示屏取景相机

这类相机采用LCD显示屏观察取景，并用来显示数码相机已经拍摄的影像。LCD显示屏也是相机的监测窗口，将各种工作模式和数据都显示出来，供摄影者进行检查调整。可以说，LCD显示屏相机的即拍即看，真正体现了数码摄影的最大优势——直观与便捷，因此当前所有的数码相机都装置了LCD显示屏（见图1-3-6）。

LCD显示屏也有缺点：一是显示屏影像精度不够高，一般在80万像素左右，无法反映出相机所记录的千万像素影像信息，就是说LCD上的影像比实际拍摄的影像质量

（a）单镜头反光取景相机

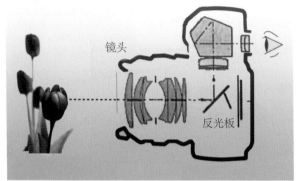

（b）单镜头反光取景示意图

● 图1-3-7　单反相机的取景

● 图1-3-8　徕卡旁轴取景相机

差；二是显示屏上的影像在强光下不易看清楚；三是显示屏比较耗电，影响工作时间。

（二）单镜头反光取景相机

这类相机采用单一镜头取景并拍摄的结构方式，所以人们称之为单反相机。相机的最大特点是摄影镜头兼作取景镜头，因此拍摄时不会产生取景视差，取景时看到的景象与镜头实拍的完全相符（见图1-3-7）。这种相机可以方便地更换不同焦距的镜头，极大地扩展了完成各种拍摄任务的能力。

单反相机又分为135型与120型两种相机，其中135型单反相机是当前专业数码相机的主力。例如尼康、佳能、索尼等品牌的主力机系列都是135型单反相机。这种相机的价格一般都比较高，所以购买者大多是对摄影要求较高的人士。

（三）旁轴取景相机

这类相机的取景器与镜头分开（一般位于摄影镜头的上方），专门负责取景观察（见图1-3-8）。由于取景器所看到的画面不是通过镜头取得的，真正拍摄的画面与取景器看到的画面就有一定的视差。如果是拍摄远景，视差较小；如果拍摄近景，视差就会很明显。

旁轴取景相机也有着自己的优点，结构不复杂，可以制作出轻巧袖珍、操作简易的小型相机，特别有利于携带外出、现场抓拍。因此大多数轻便型相机都是这种取景方式。

现在的数码相机上，都采用了综合取景方式进行取景拍摄。通常是以LCD显示屏为主，再辅助以反光取景或平视取景，为摄影者提供多种选择。

另外，专业研究中还采取按数码相机感光元件大小来分类的方式，进行深入研讨分析，详见第二章"数码摄影精要"。

1. 佳能5D Mark II

佳能5D Mark II是佳能单反专业机的经典代表。

它拥有高达2 110万有效像素的全画幅CMOS，支持 Full HD 1 080 动态录影能力，可拍摄 Full HD（1 920×1 080最高30fps）的高质量视频，采用9个十字对焦点加6个辅助对焦点的AF系统，快门速度为30~1/8 000秒，闪光同步速度为1/200秒。佳能5D Mark II光学取景器可以达到98%的视野率和0.71X的放大倍率，背面采用一块92万像素3.0英寸的液晶屏。

佳能5D Mark II提供了六种色彩风格模式和三种用户自定义色彩模式，Live View手动对焦模式下可将取景画面放大5倍或者10倍。感光度最高可以扩展到ISO25 600，而最低则可以扩展到ISO50。

2. 尼康D3S

尼康D3S相机于2009年10月发布，是尼康FX格式数码单镜头反光相机的旗舰机型。

该相机配备尼康新开发的CMOS影像感应器（36.0mm×23.9mm），支持ISO200至ISO12 800标准感光度设置。感光度最高可拓展至Hi 3（相当于ISO102 400），最低可设为Lo 1（相当于ISO100）。D3S配备D-Movie（数码短片）拍摄功能，D3S在FX格式下连拍速度高达每秒约9幅，快门时滞仅约40毫秒。

它能够满足专业用户以及高级摄影爱好者在新闻摄影、体育摄影以及自然摄影等诸多用途上对高拍摄速度、高感光度和优异影像质量的严格要求。此外，D3S相机优异的耐用性与可靠性已获美国国家航空航天局（NASA）的认可。

● 图 1-3-9　数码单反相机经典代表

三、数码相机常用附件

（一）滤光镜

滤光镜是一种安装在镜头上的光学附件，用来改变照片影像效果。工作原理是滤掉某些光线成分，改变投射进相机内的光线。滤光镜的种类很多，使用广泛而多样，具有小巧方便、价格低廉、效果明显、装卸简便的特点。数码相机最常用的是以下两种滤光镜，主要是采用玻璃和塑料两种材质制作。

1. 紫外线滤光镜（UV镜）

UV镜是透明无色的玻璃镜片，安装在镜头前面（见图1-3-10），用来吸收过滤光线中的紫外线。紫外线是人

（a）加装了 UV 镜的镜头

（b）圆形 UV 镜

● 图 1-3-10　相机的 UV 镜头

（a）插入式圆形偏光镜

杂乱反光现象

加用偏光镜消除反光

（b）偏光镜效果

● 图1-3-11　偏光镜

● 图1-3-12　加装遮光罩的镜头

眼看不见的，但是数码相机能够科学地感受与反映它，不会像人眼有时敏感有时迟钝。例如，人眼觉得云雾天与晴天的光线是一样的，可是对于相机来说，云雾天比晴天的光线中含紫外线更多，拍摄的照片会偏蓝色，清晰度也偏低。

如果在相机镜头上加装一块UV镜，就能吸收或减弱光源中的紫外线，提高画面清晰度，适当降低偏蓝现象。UV镜还可以保护镜头，防止镜头被弄脏或碰坏，花几十元钱购置一个UV镜就可以保护价格昂贵的镜头。

2. 偏振镜（PL镜）

偏振镜也叫偏光镜，也是安装在镜头前面，用来阻挡偏振光进入相机内，以消除或减弱物体表面的亮斑和反光，使被摄物体更清晰、色彩更鲜艳（见图1-3-11）。比如用来拍摄天空景物，能排除天空中的部分杂光，使蓝天的蓝色更纯净。镜头前安装偏振镜后，通过旋转镜片观察实效，达到最佳效果时就可拍摄。

使用偏振镜时要注意的是，应拍摄南、北方向的天空，可加深蓝天的色彩。不要拍摄东、西方向的天空（没有偏振光出现），因为这时将没有滤光效果。

（二）　遮光罩

遮光罩是用金属或工程塑料所制作的小黑罩（有圆形、方形、花瓣形等），用来遮挡进入镜头的杂光。拍摄时装在镜头前端，不用时反扣于镜头上（见图1-3-12）。遮光罩有大有小，要根据镜头焦距的不同选择使用，如长焦遮光罩装在广角镜头上就会发生暗角现象，而广角遮光罩装在长焦镜头上就不能有效地遮挡杂光。

遮光罩的功能有两个，一是阻挡杂乱光线进入镜头，防止干扰并导致照片中出现灰雾、光斑和光晕；二是防隔杂物接触镜头玻璃面，保证镜头正常工作，如雨雪天利用遮光罩可避免雨水、雪花落到镜头上。

● 图 1-3-13　三脚架使用

（a）单脚架　　　　（b）使用单脚架

● 图 1-3-14　单脚架的使用

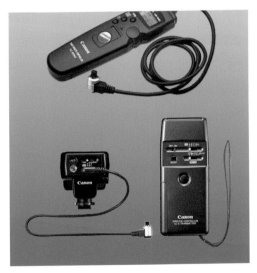

● 图 1-3-15　佳能无线遥控器

（三）摄影脚架

摄影脚架是用来支撑照相机的专用支架，用来保证相机工作时的稳定可靠。脚架上端装有云台，用来连接相机，云台可以上下、左右仰俯转动，调节拍摄角度。当我们在自拍留影、长时间曝光等情况下，没有摄影脚架的帮助，相机就可能出现位移、震动，导致影像模糊发虚。

常用的摄影脚架分为三脚架和单脚架两种。摄影三脚架有三条腿，每条腿有多节，可自由伸缩来调节高度和跨度，便于携带。使用长焦距镜头，或在暗弱光线下采用慢速度快门拍摄（如夜景和多次曝光），就可以利用三脚架来保证影像清晰（见图1-3-13）。摄影单脚架只有一条腿，也是多节可伸缩的支架，稳定性不如三脚架，但携带使用上更灵活方便，所以受到许多新闻摄影记者的青睐（见图1-3-14）。

市场上的摄影脚架有很多种。一般来说，小型脚架价格低、携带方便，但稳定性较差；大型脚架价格高、体积大、分量重，但稳定性更有保障。

（四）遥控器

遥控器是用来从远距离操纵照相机进行拍摄的附件（见图1-3-15），属于发射红外线的开关装置。摄影者按动它，远处的照相机得到信号，就能自动完成拍摄过程。遥控器配合相机的自动化功能，帮助摄影者应对某些困难场合和危险条件。

数码摄影实用教程

1. 根据资金来选择

首先是要根据准备投入的资金多少，来决定购买什么档次的数码相机。比如购买单反类型的数码相机，就会面临众多品牌和款式，就是同一个品牌、同一个类型的相机，也会有高、中、低档不同的产品。如果资金充裕可以考虑高档单反相机，资金紧张者就可以选择入门级单反相机，再从入门级单反相机中来选购自己心仪的相机。

2. 根据用途来选择

相机是用来做什么的，应该是我们考虑的第二个重点。是专业工作需要，还是业余摄影，或者是家庭一般使用，不同需求对相机的要求区别很大。比如家用数码相机，即便是高档机的功能与影像质量，在职业摄影师来看，都无法满足专业任务的要求；但是在普通百姓来看，给自己的家人拍摄是绰绰有余了。所以我们应该明确买相机的用途后，再选择何种相机，不要花冤枉钱。

3. 根据品牌来选择

现在市面上的数码相机生产商，至少有数十家，每年生产的新相机也在近百种之多。那么选择哪一款相机呢？一般来说挑选老牌子和名牌更为可靠。比如尼康、佳能、索尼、富士、宾得等品牌，都是老牌的相机厂家，其产品在社会上的知名度很高，主机和附件配套、通用、齐整，后期维护完善。

4. 根据功能来选择

如果决定了用途和价位等，也可以考察一下相机的功能指标。从操作使用上看，同档次的数码相机相比：相机越轻巧越好，像素越多越好，镜头的变焦比越大越好，工作模式越多越好。原因不难明白，机身轻巧方便携带，镜头变焦比大则拍摄范围广，像素多意味着照片品质有保证。

思考与练习

- 数码相机存储卡主要有哪几种？
- 不良的拍照姿势会带来哪些"不良后果"？
- 比较大、中、小三种不同照片文件格式的画面质量。
- 为什么广角可以拍摄宽广人多的照片？
- 为什么长焦可以将人物放得很大？
- 根据什么来选择横画幅还是竖画幅？
- 闪光灯上加什么可产生柔和闪光效果？
- 拍摄人像景别——全景、中景、近景、特写各一张。
- 采用顺光和前侧光拍摄外景纪念照各一张。
- 在拍摄外景纪念照过程中，怎样去获得好的前景？
- "微距"模式是用来拍摄什么对象的？

- 常见的自动化拍照模式有哪几种？
- 利用"红花还要绿叶扶"的道理拍摄花卉一张。
- 选用运动模式是要保证较高的快门速度吗？
- 抓拍生活人物照片的要点是以人物的动作、表情为主吗？
- 保持地平线一致和水平是拍摄全景接片的前提吗？
- 连拍时应采用什么样的自动对焦模式？
- 夜间是否要使用闪光灯拍摄人物？
- 家用轻便机有哪些特点？
- 单反专业机的优点是什么？
- 滤光镜、遮光罩有什么作用？

第二章 数码摄影精要

通过前面的学习，我们已经大体掌握了数码相机的使用方法和工作模式，知道了怎样拍摄人像、风景、花草等题材对象，可以简单轻松地拍出一张张照片了。但是，到底什么是数码摄影？如何用好、用巧数码相机？怎样拍摄出精彩漂亮的照片？

要解答这些问题并不难，有了第一章的数码摄影基础垫底，再进一步学习有关的专业摄影知识，进入到更高级、更专业的阶段，从知其然再到知其所以然，问题自然迎刃而解了。

第一节 摄影原理与专业摄影流程

一、专业摄影流程

在专业摄影中，摄影师从举起相机、瞄准对象、选择和调整模式和数据、按快门拍摄，到最后输出照片影像，看起来与初级拍摄相似，也是从开始到结束那么几步，但从专业角度上分析，其中每一步都有相关的道理和主动选择，以获得所需要的效果。这里面就包含着数码相机的原理、结构与功能，有关技术数据和影像效果的联系，这些是学习专业摄影需要掌握的知识和技能。

下面我们看一幅专业摄影流程分解图（见图2-1-1），并结合其中的具体需要、操作技巧和实际作用，同步进行分析和解释。

① 开机。为相机装上电源和存储卡，选择"ON"开机。

② 设置图像格式。通过菜单或快捷键（从功能盘或菜单中），选择一个合适的图像文件格式，即选择文件格式和大小。专业摄影一般都选用高精度、大文件的图像格式。

③ 设定感光度。对相机的感光度进行设置（从功能

① 装电池与存储卡/开机　　② 设置图像格式　　③ 设定感光度

⑥ 调对焦点　　⑤ 取景观察　　④ 调整白平衡

⑦ 变焦构图　　⑧ 测光/曝光　　⑨ 光圈/快门选择

⑫ 遮光罩/三脚架使用　　⑪ 闪光灯使用　　⑩ 对焦确认

⑬ 传输照片文件到计算机　　⑭ 计算机后期制作

● 图 2-1-1　摄影流程分解图

　　数码摄影实用教程

盘或菜单中），有自动和手动两种模式，一般情况下首选在低感光度标准（400度以下），也可选择自动感光度模式。

④ 确定白平衡。对相机的白平衡进行调整，可以选择自动白平衡和手动白平衡两种模式，保证景物色彩的正常再现，一般选用自动白平衡模式，也可以根据光源选用手动模式调整白平衡。

⑤ 取景观察。通过相机的光学取景窗和LCD显示屏查看外界景物，在取景中选定被摄对象并完成画面构图。一般以光学取景窗为主，夜间以LCD显示屏为主。

⑥ 对焦处理。利用相机的自动对焦或手动对焦功能键钮，调对拍摄焦点，实现主体清晰。一般以自动对焦为主，夜景拍摄可改用手动对焦。

⑦ 变焦构图。通过变换镜头焦距（选择广角、标准或长焦），可以选择画面的景物大小和宽广范围。

⑧ 测光分析。利用相机上的测光表，测量分析被摄景物的亮度，并确定画面曝光量的多少。一般选用区域测光模式和中央重点测光模式，有经验者可以使用点测光模式。

⑨ 曝光控制。曝光控制主要是对光圈和快门的组合选择。可以考虑光圈优先（景深大小），也可以考虑快门优先（动体虚实），也可以是全手动曝光模式拍摄。如果是全自动程序曝光模式，就需要考虑和选择曝光补偿的正负级数。

⑩ 对焦确认。运用自动对焦或手动对焦操作模式，使被摄对象清晰。当相机快门速度低于1/30秒时，为了防止过慢速度而导致的影像模糊，应启动相机的防抖功能。

⑪ 闪光灯使用。当面对夜晚、室内、树荫下等光照不良的拍摄现场时，要考虑启用闪光灯辅助照明，保证人物主体的明亮程度。

⑫ 相机附件使用。镜头上应该装有合适的遮光罩，来保护镜头、避免杂光干扰，以免影响照片效果。当早晚、夜间或光线暗弱需要长时间曝光时，考虑使用三脚架稳定相机。

⑬ 下载归档。每一次拍摄完成后，及时将照片文件传输到计算机，并进行有关照片档案的分类整理和安全保存。

⑭ 计算机后期制作。对照片进行简要的调整修饰或精细的二次加工创作，待最终完成作品后，可用于洗印（打印）照片举办展览、网络展示交流、印刷制作画册、多媒体投影观摩欣赏等。

如果将数码相机简易拍摄与专业摄影两个流程相比较，我们可以清楚地发现，在功能调控和技艺运用上，两者有着明显差别。专业摄影中比简易拍摄考虑得要复杂和精细，操作控制上更为主动、精准和多样化。所以要真正掌握数码摄影的精要，就应该更多了解有关原理和技艺，了解数码相机的结构和功能。

二、摄影成像原理与特点

数码摄影综合了现代科学技术，蕴藏着各种科学原理。其中，关于影像是如何形成的，光学影像与人眼和镜头是如何作用的，数码摄影与传统摄影有何区别，都是我们应该明白的。

（一）光学成像与人眼成像

一般来说，人眼能看到在可视光线照明下的景物。人眼是个完善的光学系统，它能把外界景物的反光通过眼睛瞳孔（类似于凸透镜的透明晶球体），透射到视网膜上形成影像（见图2-1-2）。

摄影是把客观的物象转化为固定的图像。在摄影过程中，所使用的工具（照相机镜头和感光元件）具有关键作用。镜头能把被摄景物吸纳并聚焦到机身内，感光元件能把镜头透射进来的影像记录在具体的介质上，成为可视的图像。

镜头成像与人眼成像原理基本相同。被摄对象表面的反射光，通过镜头聚焦到相机内感光元件形成影像（见图2-1-3）。

两者的不同之处有三点。一是成像正反不同。照相机镜头成像时，被摄对象呈现在画面上的是颠倒的影像；人眼成像时，本来看见的物体影像也是颠倒的，经过大脑调整后成了正像效果。二是影像记载方式不同。照相机记载影像的是

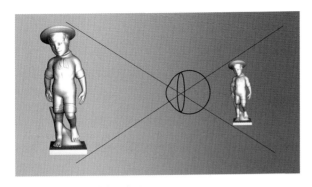

● 图2-1-2 人眼成像示意图

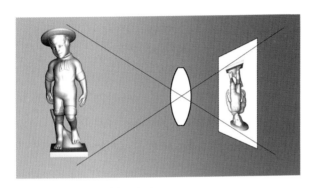

● 图2-1-3 凸透镜成像示意图

感光元件（数码元件和传统胶片）；人眼记载的影像是通过视网膜和视神经来完成的。三是光线调节方式不同。照相机镜头依靠人工或自动程序来调节进光量的大小；人眼是利用瞳孔自动缩小、放大，来调节进光量、调节明暗感触。

作为仿生学产物，照相机最初是模仿人眼来制造的，之后随着科技的发展，照相机及镜头都有了重大进步，从小孔成像演变为精密高级的镜头，通过镜头获得的影像质量也越来越好。

（二）摄影感光成像

通过镜头形成的影像，要靠照相机内的感光元件来记录、固定和存储下来。不管是数码相机（光电传感器CCD或CMOS），还是传统相机（感光胶片），其摄影感光成像的原理是一样的。

1. 像人眼一样感受光、色

人眼只能感受到有限的光和色，只对光谱中波长在380~760纳米这一区间内的光（色），才有感应和视觉认识。生活中的普通常规的感光材料，不管是数码元件还是传统胶片，基本上是按照人眼对光、色的感受特性来制造的，并追求还原人眼的视觉感受。

所以我们说光是感光材料记录影像的前提，没有光就没有影像。如果在一间黑暗无光的室内拍摄，就无法记录任何影像。

当然，感光材料与人眼的视觉感受还是有一些差异的。由于受到科技条件的限制，感光材料在记录和再现被摄景物时，与人眼差距很大。

一是人眼所见的明暗范围很大，在白雪到黑炭这样的范围内都能自动调整获得合适的视觉影像。而感光材料能感受的明暗范围小得多，只有人眼的几分之一。如果拍摄明暗比太大的景物，过亮会雪白一片，过暗会漆黑一片，在图像上达不到符合视觉的效果。

二是光色及其冷暖变化，由不同光源的波长差异所决

数码摄影实用教程

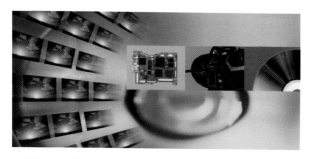

● 图2-1-4 数码影像传输

定。人眼面对不同光源的照射，可以自我调节色差，将不同光源的色彩感受混同为相似色。而相机的白平衡装置可以根据光源光色的不同进行自由调节，获得各种色彩影像。

三是利用特殊手段，获得特殊影像效果。如红外线摄影，是使用红外线胶片后实现的。再如使用X线胶片的X线摄影、使用黑白胶片的黑白摄影等，都是专门针对光线特性来完成特有的影像效果的。

2. 数码影像的优势

数码影像是用图像传感器和存储磁卡来感受、存储影像。利用CCD或CMOS等图像传感器，可将感光信号转变为电信号，通过A/D（模/数）转换器后记录下来。其明显优势就是，数码影像直接以数字方式保存、传送（见图2-1-4），可以转换为各种可视的图像。

传统影像以涂有卤化银乳剂的胶片为感光材料，当其感受光线后便以模拟的方式记录影像。其工作过程如下：先由胶片上的卤化银乳剂层感应通过镜头透射来的影像；然后通过化学方式处理胶片，对感光胶片上的潜影进行显影、定影等处理（见图2-1-5），获得固定可见的物体影像。

从材料的使用上看，数码材料具有固定、多功能和长期使用的优点，没有传统胶片功能单一和一次性消耗的不便。例如数码相机能够灵活调整感光度这一点就是传统胶片材料所望尘莫及的，这使摄影的工作范围大大增加。因为传统胶片的感光度单一固定，一种胶片只能按一种感光度使用，拍摄时受到很大的限制。可是数码相机设置有6挡左右（ISO50~ISO1 600）的感光度——等于拥有6种不同感光度的胶片，可以根据需要自由调节使用。

两者相比，数码影像无化学污染、明室操作、安全可靠、使用方便、传输简易，而且学习起来也很直观和简单。传统影像有化学污染、黑室内操作、容易失误、操作麻烦、传输不易，学习也有复杂繁琐的问题。所以，当今的数码摄影已经迅速代替了传统摄影，成为发展最快、最迅猛的摄影手段，成为最方便、最好用的摄影工具。

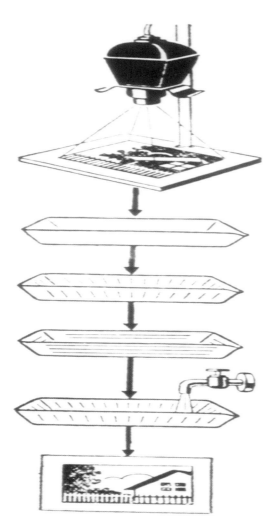

● 图2-1-5 传统照片制作流程

第二节　数码相机的结构与功能

数码相机的结构极为精密复杂,但是简化来看主要由摄影镜头、取景系统、机身(感光元件等内部元件)、调控装置、闪光灯等主要部件构成,如图2-2-1所示。

相机有些像人体,微电脑是大脑、镜头是眼睛、机身是躯体,而取景器就是窗口,感光元件是绘图记录,调控装置是操作开关。它们综合一体,完成每一次摄影任务。下面分别介绍这几大部件。

一、感光元件与机身

机身与感光元件是数码相机的两个核心部件。前者承担连接和支撑相机整体的任务,后者负责将影像记录和保存下来。

(一)　机身

机身是相机的框架、主干部分,决定着每个相机的大小形状。同时相机的坚固程度和主要性能的设计,也受到了机身的一定制约。机身的设计也考虑了摄影者的握持性。从功能使用上看,机身大小各有利弊。机身大,容纳空间大,有利于扩展和提升相机性能;机身小,携带方便,但专业功能弱。

普通百姓所用的家用轻便相机,机身几乎都是采用工程塑料制造,不够结实和坚固。专业人士所用的单反相机和高档相机,机身主要采用各种金属制造,体积较大(见图2-2-2),具有很好的坚固性和防尘、防水功能。

(二)　感光元件与像素

感光元件是数码相机的心脏和库房部件,主要担负获取光学影像、转换并保存影像,使观看和加工成为现实的工作。过去的传统相机是利用暗盒中的感光胶片来记录和保留影像(化学方式影像)。现在的数码相机,是采用电子

热靴

短片麦克风
镜头安装标志
主反光镜
镜头释放按钮
镜头卡口
镜头触点

快门按钮
自拍指示灯
手柄
景深预视按钮

竖拍手柄快门按钮

热靴

眼罩
取景器目镜
菜单按钮
信息/裁剪方向按钮

自动对焦开关
自动曝光锁/缩小按钮
自动对焦点选择/放大按钮

多功能控制钮
存储卡插槽盖
速控转盘
设置/实时显示拍摄
电源/速控转盘开关

存储卡插槽盖释放按钮
扬声器
竖拍手柄自动对焦开关
竖拍手柄自动曝光锁/缩小按钮
竖拍手柄自动对焦点选择/放大按钮

液晶显示(取景)器

回放按钮
机背液晶显示屏
删除按钮
<FUNC.>功能按钮
保护/语音备忘录按钮

液晶显示屏照明按钮
拍摄模式选择按钮
自动对焦模式选择/驱动模式选择按钮
测光模式选择/闪光曝光补偿按钮
闪光同步触点

闪光曝光锁/多点测光/短片拍摄按钮

快门
主拨盘
ISO感光度设置
曝光补偿/光圈按钮
机顶液晶显示屏
屈光度调节

竖拍手柄控制开关
竖拍手柄拨盘

无线文件传输器安装孔
PC端子
遥控端子
外接麦克风输入端子
音频/视频输出/数码端子
HDMImini输出端子
系统扩充端子
端子盖
电池
电池释放手柄

竖拍手柄闪光/曝光锁/多点测光/短片拍摄按钮

三脚架接孔

● 图 2-2-1　佳能 1D-Mark Ⅳ 相机结构图

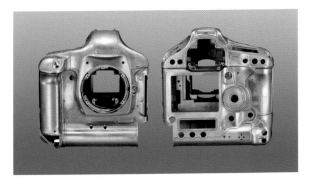

● 图 2-2-2　金属机身（佳能 EOS-1D Mark Ⅳ相机）

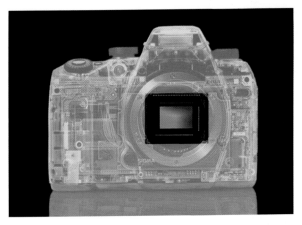

● 图 2-2-3　数码相机中的图像传感器

图像传感器（CCD、CMOS）和存储卡来记录和保留影像（数字方式影像）的，如图2-2-3所示。

数码相机的优劣，有很大一部分是由感光元件来决定的，而感光元件的质量考核，又主要是看像素的多少。像素是指一个感光元件所拥有的感光元素点，也是组成数码影像的基础单位，它是非常重要的数据指标，直接决定了我们拍摄的数字影像质量。

一台相机的像素总量就是其感光元件（矩形）的像素总量。像素通常用"万、百万"作为计量单位，其计算公式为：像素总量 = 长边像素数量×短边像素数量。像素越多（高），则影像越细腻、清晰度越高；像素越少（低），则影像越粗糙、清晰度越低。例如有1 000万像素和2 000万像素两部相机（芯片规格相同），像素高的数码相机肯定要比像素低的好。

小贴士　　数码相机的像素

1. 什么是像素

如果我们将一幅数码照片放大10倍以上，就可以看到影像是由许多大小相同的小方块组成，这个小方块就是像素（见图2-2-4）。如果在显微镜下高倍放大观看电子图像传感器（CCD、CMOS），就可以看到上面有许多大小相同的小方块像素点——感光点。

照片像素多少取决于数码相机像素点，两者相互对应。也就是说，2个像素的相机可以拍摄出2个像素的照片，2 000万像素的相机获得2 000万像素的照片。

2. 有效像素与插值像素

许多数码相机的说明书上，除了像素外，还会列出有效像素和插值像素的指标。两者的区别是，有效像素是指真正形成影像的像素点数量（见图2-2-5），也就是真正担负拍摄工作的像素点数量（有少数像素承担了其他工作）。通常有效像素要比总像素小。

插值像素是指经过数字虚拟计算，将原来的两个邻近像素组合出一个"虚拟"新像素，这样就得到了增加的新像素量（见图2-2-6）。例如插值可将100万像素计算成200万像素。插值像素对照片质量并没有本质上的改善，因此没有实用价值。

数码摄影实用教程

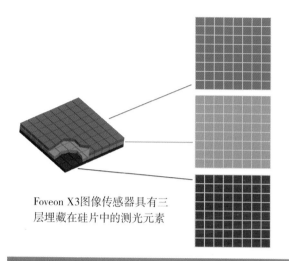

由于硅片在不同深度吸收不同波长的光线，每一层摄取不同的颜色。

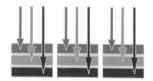

Foveon X3图像传感器具有三层埋藏在硅片中的测光元素

Foveon X3 图像传感器在每个像素摄取红、绿、蓝光

Foveon X3 图像传感器

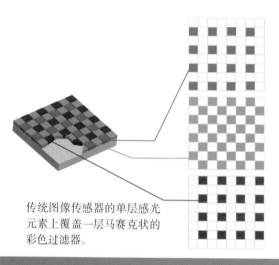

每个像素过滤器只让某个波长的光线（红、绿、蓝）通过，每个像素提取单一颜色。

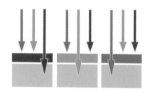

传统图像传感器的单层感光元素上覆盖一层马赛克状的彩色过滤器。

传统"马赛克"式图像传感器摄取50%的绿色，各25%的红色和蓝色。

传统"马赛克"式图像传感器

● 图 2-2-4　图像传感器与像素

● 图 2-2-5　有效像素示意图

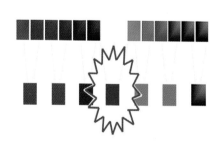

● 图 2-2-6　插值像素示意图

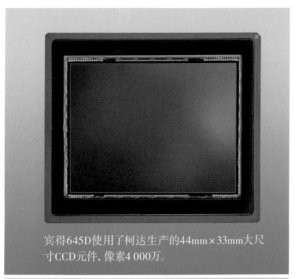

宾得645D使用了柯达生产的44mm×33mm大尺寸CCD元件,像素4000万。

尼康D7000 1620万像素的背照式CMOS传感器。

● 图2-2-7 CCD与CMOS

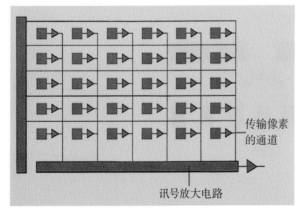

传输像素的通道

讯号放大电路

● 图2-2-8 CMOS示意图

（三）感光元件的类型与规格

1. 感光元件的类型

数码相机的感光元件为电子图像传感器（俗称光电芯片、光敏芯片、感光芯片）。它是一块布满许多个光敏点（像素点）的矩形或方形硅晶体片,拍摄中可感受和记录外界景物的各种信息,并转换为电参数。其工作方式是图像传感器逐个读取各光敏点的参数值,并转换为数字信息,再经过微电脑处理为一幅数字影像文件。

感光元件有多种类型,但主要应用的是CCD和CMOS两大类（见图2-2-7）,因为结构和技术差异,两者各有优点。

CMOS芯片的主要特点是:多通道传送讯息（见图2-2-8）、新兴材料技术、制造成本相对低、工作效率高、较省电;不足之处是噪波较大。CCD芯片的主要特点是:单一通道传送讯息（见图2-2-9）、技术成熟、噪波较少,最早应用于数码相机上;制造成本相对高、工作速度较慢、比较费电是其不足。目前,随着相机厂家不断地研发投入,带来更多的技术更新和成本的降低,CMOS芯片及其后续产品在各方面都表现出更大的优势,逐渐占据了主导地位。

2. 感光元件的规格（尺寸）

对于一台数码相机,除了感光元件的像素多少,还有一个重要指标也决定着照片质量好坏,这就是感光元件的面积尺寸大小（规格）。因此,我们有必要按照数码相机的感光元件面积尺寸（也就是相机的画幅大小）,对相机进行分类研究,认识不同规格感光元件的影像质量差异。

数码相机的品牌和样式有千百种,但是感光元件只有几种类型。感光元件大小的单位是英寸和毫米,主要有1/2.5英寸、1/2英寸、1/1.8英寸、1/1.7英寸、36mm×24mm（全画幅）等。用分数表示时,分母越大就意味着芯片面积越小,若是用长×宽的数据表示芯片大小更直接。需要解释的是,由于数码相机是在传统胶片相机的基础上发展而来的,与传统135胶片（36mm×24mm）规格相同的数码感光元件就定义为全画幅感光元件。

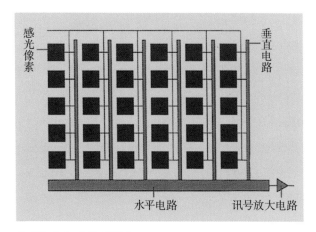

● 图 2-2-9　CCD 示意图

显然，感光元件的面积越大越好。可以想象，当几台相机的总像素相同时，哪一款相机的感光元件面积更大，就意味着它比感光元件小的相机可接受更多的信息和丰富的细节，获得更佳的影像画面。

目前市面上所见的数码相机，大多数是135型和轻便型两类。如果我们将这些数码相机的感光元件，按照各自面积尺寸从大到小排列在一起，它们之间的区别就非常明显了。

图2-2-10是感光元件面积大小的比较画面。其中，我们将135全画幅感光元件的大小规格定义为100%，那么120数字后背式相机的感光元件则是其3倍左右大，APS-H大约是其60%（如佳能）、APS-C、DX相机约占其45%（如佳能、尼康、索尼）、4/3系统约为其25%、1/1.7英寸以下约在其5%左右。

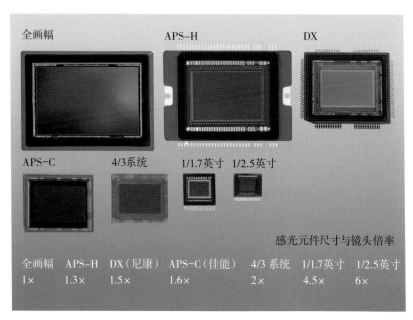

● 图 2-2-10　感光元件的尺寸比较图

（a）微型轻便机

（b）长焦轻便机

● 图2-2-11　轻便的卡片相机

（a）全画幅相机

（b）APS画幅相机

● 图2-2-12　135型相机

（四）　不同画幅尺寸的数码相机

感光元件（画幅）的面积大小和形状，显然是判定数码相机的重要条件。因此在专业摄影研究中，主要是根据感光元件的大小来分类，并对各种数码相机进行比较和分析。

1. 轻便型相机

轻便型相机是当前品种最多样的机型，且结构轻巧紧密，操作十分方便。由于这类数码相机（轻便机）采用的图像传感器都很微小，如1/2.5英寸、1/2英寸、1/1.8英寸等画幅尺寸，像素不像专业机那样追求更高的指标，而且也不是为了制作巨幅照片所用，所以更注重其使用简易、便携性和低廉价格，就成为普通百姓最喜爱和最愿意购买的机型，也是市场占有量最多的相机。

这类相机按照感光元件的大小，可以分为两大类：一种是1/2.5英寸左右的微型卡片机，是专门为普通百姓所生产的，见图2-2-11（a）。另一种是稍大一些的4/3系统和1/1.7英寸的轻便机，见图2-2-11（b），则兼顾了普通消费和高档商务两种需求。

在传统胶片时代，也有微小型的110系统和APS系统两种轻便型相机，但是不像现在数码相机那样能够真正成为大众的摄影工具。

2. 135型数码相机

这类数码相机建立在传统135胶片相机的平台上，只是将感光元件从传统胶片换为数码图像传感器而已。从相机的整体结构和工作模式看两者大体相同，如自动化程度、主要功能和镜头使用等，都是一脉相承的。

135型数码相机，可以分为全画幅和APS画幅两种类型。全画幅数码相机的感光元件面积，见图2-2-12（a），与传统135胶片的尺寸大小相同，像素也都在1 000万以上，性能优良，代表当今数码相机的最好水平和专业高度，是专业摄影师所认同和必备的数码相机。

APS画幅相机又被称为准专业数码相机，是当前主要的135数码相机，其采用的是比全画幅尺寸略小的APS画幅感光元件，见图2-2-12（b），除了成像质量略低一些，在专业功能和操作性上并不逊色。且这类相机价格远低于全画幅数码相机，所以受到大多数摄影爱好者的欢迎，市场占有量也很大。

3. 120型数码相机

这种数码相机的图像传感器画幅尺寸与传统120型胶片尺寸大小相

数码摄影实用教程

● 图 2-2-13　120 中画幅数码相机

● 图 2-2-14　仙娜大画幅相机

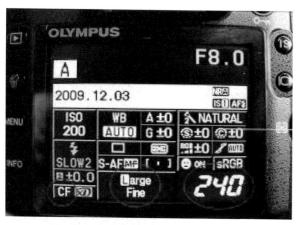

● 图 2-2-15　存储卡容量

同，所以称作120（画幅）数码相机。这类相机体积比135型相机稍大，重量也不轻，携带不太方便，自动化程度不高而不够灵活。但优点是拍摄的画面尺寸大，可以制作影像清晰的大画幅照片（见图2-2-13）。主要供照相馆人像摄影、广告摄影和高级影友使用。许多报刊的封面和挂历图片都是采用该类相机拍摄的。

120照相机主要采用数码后背，像素有的达到几千万甚至上亿像素，获取的影像质量十分出色。不过120数码相机价格比较昂贵，普及程度远不及135相机。

另外，还有一种大型相机，也是采用数码后背的方式获取影像的。拍摄的画幅尺寸更大（见图2-2-14），有8×10英寸、4×5英寸等，比120型都要大得多，所以图像清晰度极高，细部层次非常好，不过在日常生活中很少见到。

（五）　存储卡的类型与容量

数码相机拍摄的每一幅照片，都存储在数码存储卡上。这种存储卡主要有CF卡、xD卡、SD卡以及索尼记忆棒等类型，都是可以自由换装的移动式存储卡，存储容量大多在4GB、8GB以上。从使用上看，存储卡容量越大，可拍摄和存储的照片数量就越多，工作时间就越长。

存储卡的容量大小，并不是决定相机所拍照片数量的唯一条件，我们选用什么样的图片格式和精度，也是决定拍摄照片数量的重要条件。数码相机上有多种图像格式（精度）可以选择，不同的图像格式下，相机可拍照片数量（见图2-2-15）有明显区别。我们可根据自己的需要和存储卡的容量（可拍摄的照片数量），选用合适的图像格式。

当数码相机存储卡里的照片数据存满时，应将这些照片数据移出存储卡，传输到计算机等存储介质中。为了将存储卡中的数据下载给计算机或打印机，可以用数据线将数码相机与计算机连接，也可以通过读卡器向计算机传输数据，还可以使用数码相机伴侣（活动硬盘）存储照片数据。

除了数码相机的像素和图像格式可以影响我们所拍摄照片的质量，分辨率也有一定的作用。分辨率（解像率、分析力）是指数码相机对景物细部的记录和表现能力，它是感光元件（传统胶片和图像传感器）在1mm范围内最多可分辨线条的能力，用"线对/mm"表示。分辨率高，意味着记录细微部分的线对/mm数多，相反则为分辨率低（见图2-2-16）。

数码相机的分辨率由感光元件的面积大小和像素多少决定，感光元件面积大、像素高时获得的照片影像质量好、分辨率高，反之则影像质量差、分辨率低。如果这其中只有一个指标高、另一个指标低，获得照片影像质量也不太好。这个相互作用，不论是对于我们购买相机，还是拍摄出最佳影像质量，都是应该了解的。

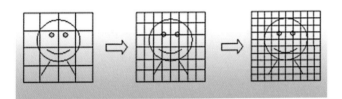

● 图2-2-16　分辨率示意图

● 图2-2-17　取景框与液晶电子显示屏

二、取景系统

数码相机上的取景器，就是我们观察取景的窗口。每次拍摄都要通过它观察和挑选对象，并确定好画面构图，然后按下快门拍摄。当下数码相机的取景系统有两大类，即光学取景器和电子显示屏（LCD），其中电子显示屏已经成为主要方式（见图2-2-17）。

取景器的主要功能有三个：一是可直接观看与显示被摄景物，便于选择拍摄对象与安排画面构图；二是聚焦拍摄对象，保证影像清晰；三是显示重要的工作数据，便于查看与调整。

取景系统从构成上可分为三种，即LCD显示屏、光学平视取景窗、单镜头反光取景器。其中，第一种是新型直观的电子取景方式，也是使用最多、最有前途的取景方式；后两种是传统的光学方式，在直观和舒适等方面都不如第一种。

● 图2-2-18　LCD显示屏取景

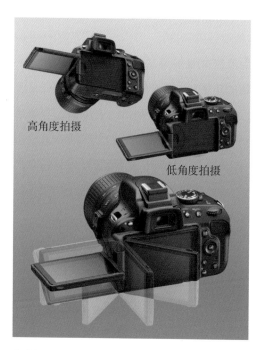

高角度拍摄

低角度拍摄

● 图2-2-19　显示屏旋转取景

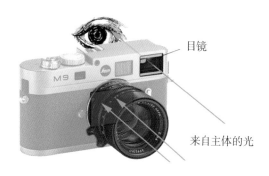

目镜

来自主体的光

● 图2-2-20　光学平视取景图

（一）LCD显示屏取景（电子取景）

现在的数码相机都安装有电子影像取景，所用材料为液晶显示屏，安装在相机背面以观看取景，通常将这种电子液晶显示屏简称为LCD。因为LCD显示屏是一种电子取景器，屏幕上显示出来（见图2-2-18）的影像不是真实光学影像（不同于光学取景器），而是从图像传感器直接提取的电子影像（实景电子扫描影像）。如果说其源头，电子取景器就像是缩得很小的电视屏幕，经历了从摄像机到数码相机的不同阶段。

相对于传统光学取景系统，LCD显示屏（取景器）是一个飞跃，除了具有观察取景的主要功能，还增加了信息交流和反馈的新功能。通过LCD显示屏取景，我们看到的画面没有视差问题，可以了解工作数据并及时调整，可以回放已经拍摄的画面。在使用上也很直观、很清晰，有些LCD显示屏还能旋转取景，便于拍摄顶视或俯视等特殊角度，更加方便实用（见图2-2-19）。

值得称赞的是，近些年的高科技发展，又使数码相机的电子取景器具有了实时取景功能。从观看到拍摄所有过程，被摄景物在LCD上都很清楚而不间断地呈现出来，这就是电子影像实时取景，是传统光学取景无法做到的。电子取景的便捷实用，真正让无数人喜欢上了数码相机。

（二）光学平视取景

光学平视取景是最简单和直接的取景系统，是由一个与镜头同方向的玻璃窗口和内部配件构成的。由于这个取景器与镜头轴线不在一个轴线上，人们也称之为旁轴取景系统。通过这个单独的取景窗，我们观察取景、聚焦成像，然后实施拍摄（见图2-2-20）。这种取景系统构造简单、轻巧而实用，观看方便清楚，具有即抓即拍的快捷优点。

这种取景器曾广泛应用在各类传统相机上，目前主要是用在低档数码相机上。由于取景器与镜头分开，从取景器所见的画面与镜头拍摄的画面不一致，总有一定的视

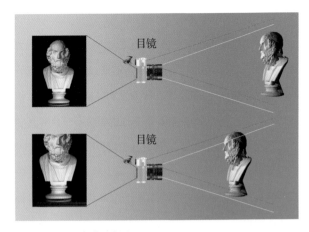

● 图 2-2-21 视差示意图

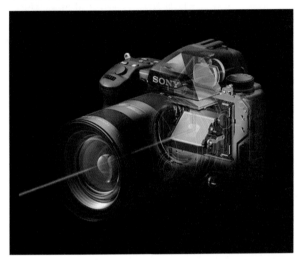

● 图 2-2-22 单反取景示意图

差,也就是所看非所拍。这种视差在拍摄远处景物时,不太明显;如果被摄对象离相机近,视差就会很明显(见图2-2-21)。因此在取景拍摄时,应注意校正视差。

（三）单镜头反光取景

在传统相机时代,这种取景方式被绝大多数135型和120型专业相机所采用,因此有人曾说单镜头反光取景是完美的光学取景系统。这种取景系统是通过镜头、反光镜、五棱镜的配合作用,使摄影者在取景窗口中观察到的影像与被镜头捕捉的影像完全一致(见图2-2-22),也就是人们常说的"所见即所拍"。

单镜头反光取景装置结构设计很复杂,主要是通过反光镜的升降来应对取景与拍摄两个任务(见图2-2-23),工作转换合理但不够轻巧,这就导致了制造成本的增加和相机价格的上升。另外,这种取景器具有较大的机震和声音,对抓拍不太有利。真正让摄影人喜欢它的,一是取景没有视差,二是镜头可以更换,这就极大地拓宽了相机工作范围,具有一机多用的优势。

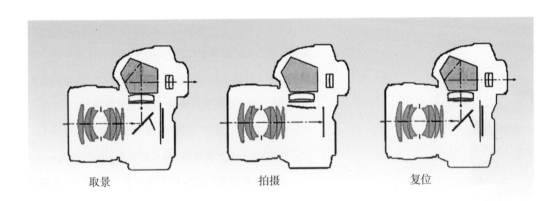

取景　　　　　　　　拍摄　　　　　　　　复位

● 图 2-2-23 单反相机取景拍摄流程

　　　数码摄影实用教程

● 图 2-2-24　锂电池电源

快门按钮　模式转盘　取景器　热靴

变焦杆
电子转盘
指示灯（前面）

闪光灯

镜头

镜头环释放按钮

● 图 2-2-25　数码相机按钮

屈光度调整转盘　热靴

曝光补偿转盘　取景器　ISO转盘　快门按钮

快捷/直接打印按钮

自动曝光锁/
闪光曝光锁

测光/跳转按钮
控制转盘
自动对焦选择/
删除单张图像
菜单按钮

液晶显示（取景）屏

指示灯　播放按钮　显示按钮

三、菜单操作与模式调控

有人说，会不会用数码相机，就看你会不会操作相机的开关和钮盘。我们就是通过拨动有关的钮盘，对相机的专业模式和工作数据进行选择、调控并完成拍摄的。

（一）电源

数码相机采用电能工作方式，所以电源选用是非常重要的。数码相机电源有专用锂电池（见图2-2-24）和常用干电池（分可充电与不可充电）两种。专用锂电池电能强大、工作持久，但也存在娇贵和不通用的缺点；常用干电池（五号AA）购买方便、低廉通用，但也存在电能较弱和不持久的问题。

在拍摄时数码相机的耗电量一般都很大，电能不足就不能保障工作，面对再好的景物也只能空欢喜。因此我们要注意和重视电源的充足和节约。在相机的说明书上都会标明所用电池的类型和容量，我们要按照厂家要求使用；如果是可充电电池，对充电器的充电时间要了解，以确保拍摄之前电量充足。准备外出旅游拍摄和在寒冷地区拍摄，最好准备一组备用电池。

（二）调控菜单与键钮

数码相机机身上有各种按钮键和调控盘，用于启动和选择有关的拍摄任务（见图2-2-25组图）。这些选择都需要经过相机工作程序来调控完

佳能 EOS500D

尼康D5000　　奥林巴斯 E-620

● 图 2-2-26　相机菜单示意图

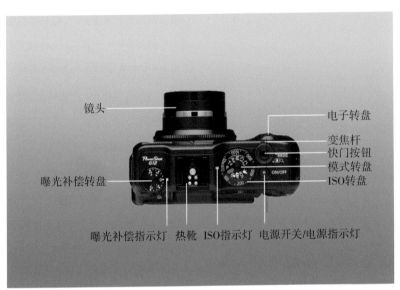

（a）数码相机调控盘

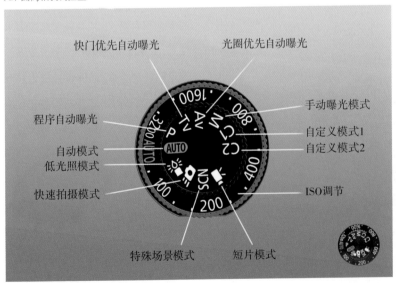

（b）调控盘功能符号

● 图 2-2-27　相机调控装置

成，也就是通过各种工作菜单来实现。

　　每台数码相机都有专门的工作菜单，供摄影者自由抉择（见图2-2-26组图）。因为数码相机的所有功能和任务，都是由相机内部的微电脑来控制的，显示外露出来的是相机的工作菜单（包括钮盘）。菜单是一个信息交换通道，数码相机给我们展示的选项栏目，都在其中进行分级、分层选择和确定。

　　目前数码相机的工作菜单的设置和调控有两种途径来实现。如果是基本的指标设置和调控，只能在固定菜单中才能调整；如果是常用的功能和模式调控，通过菜单和功能盘都可以进行。而且功能盘调整属于快捷方式，操作快速、简单，所以常用的功能和模式不用经过菜单栏来调整，只需直接调整功能盘就能完成。

　　我们所说的功能盘、钮、键，都是快速调控装置（见图2-2-27组图）。其中，圆形功能盘是最主要的调控装置，上面集合了主要工作模式的符号，旋转功能盘就可以选择想要的拍摄模式。如在曝光模式中选择"人像"模式，就可以指挥相机按人像自动程序来拍摄；如选"自动连拍"模式，就能实现连续不断地自动拍摄。其他的按键与按钮，也是单一或复合的快速调控装置，帮助我们根据拍摄需要快速确定工作模式。

（三）图像格式的设置

图像格式是决定照片影像质量的重要条件之一，数码相机设置有几种不同的图像格式标准（类型与大小），供摄影者选用。

如尼康数码相机提供了三个不同压缩度的JPEG文件格式（见图2-2-28组图）—Fine（精细）、Normal（标准）和Basic（基本），和三种不同像素大小—大（4 256×2 832）、中（3 184×2 120）和小（2 128×1 416），供用户选用。其中Basic的比Normal的大约小一半体积；Normal的比Fine的大约小一半体积。中尺寸的比大尺寸的大约小一半体积，小尺寸的又比中尺寸的大约小一半体积。

图像文件可采用RAW或JPEG格式进行保存。还可同时写入RAW和JPEG数据。JPEG图像文件可被设置为大、中或小，压缩比率则可被设定为超级精细、精细、普通或基本。

可记录图像的数目（在主记录模式下）如下表（表2-1所示）。

1. 图像格式

数码相机中所使用的图像格式，主要有RAW、JPEG、TIFF三种。

RAW是数码相机专用图像格式，是一种未经处理和压缩的"无损失"原始数据格式。RAW格式将没有经过饱和度、对比度和白平衡调节的原始照片文件加以存储，可在后期利用相关软件进行调节和制作。RAW的最大优势是后期可以自由调整制作，获得影像多样而质佳，文件尺寸相对较小。主要不足是要使用专门软件才能浏览、修改图像。

JPEG是Joint Photographic Experts Group（联合图像专家组）的缩写，是一种最常用的有损压缩图像格式，文

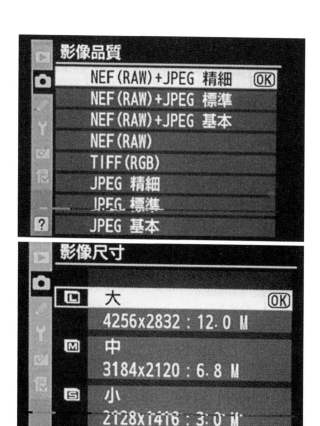

● 图2-2-28　尼康相机图像格式

表2-1: 图像格式、尺寸与容量（奥林巴斯E3相机）

记录模式		图像尺寸（像素）	压缩比率	文件格式	文件尺寸MB	可记录图像（采用1GB存储卡）
记录类型	压缩类型					
RAM		3 648×2 736	1/1.5（无损）	ORF	大约11	大约91
大	超级精细	3 648×2 736	1/2.7	JPEG	大约6.8	大约147
	精细		1/4		大约4.7	大约211
	普通		1/8		大约2.2	大约460
	基本		1/12		大约1.5	大约687
中	超级精细	2 560×1 920	1/2.7		大约3.6	大约280
	精细		1/4		大约2.2	大约466
	普通		1/8		大约1.1	大约927
	基本		1/12		大约0.7	大约1 361
小	超级精细	1 280×960	1/2.7		大约0.8	大约1 230
	精细		1/4		大约0.5	大约1 776
	普通		1/8		大约0.3	大约3 366
	基本		1/12		大约0.2	大约4 920

对于中模式可从3 200×2 400、2 560×1 920或1 600×1 200中进行选择。对于小模式可从1 280×960、1 024×768或640×480中进行选择。表中给出的数字是一般的典型值，文件尺寸和可记录的图像数根据设置和被摄主体的变化而有所不同。在相机上显示出的可记录图像数表示的是假设采用最低压缩比时的值。

件后缀名为".jpg"或".jpeg"。它将图像压缩在很小的存储空间内，图像数据和质量都会受到损失和恶化。JPEG格式应用广泛，是数码相机的主要图像格式，各行各业的图像应用均支持JPEG图像格式。

TIFF是Tagged Image File Format（标记图像文件格式）的缩写，文件后缀为".tif"，用于保存高分辨率图像。TIFF是一种非压缩式照片格式，存储图像细节信息多而没有损失，所以图像质量高，得到较为广泛的应用。不足之处是需要占用大量的储存空间。

2. 图像大小

数码相机中所使用的图像格式，一般分为大、中、小三档，每档中又可划分为特精细、精细、普通等小档。大而精细的图像文件质量好，可以制作较大的照片，但占用的存储空间大。反之，小而普通的图像文件质量差，但占用的存储空间小。如图2-2-29所示，大小不同的JPEG图像文件的

图像质量差异很明显，可以制作的照片大小不同。

通常专业摄影师会选择TIFF和RAW图像格式，以保证图像质量无损，以便制作出高质量、大幅面的照片。比如需要拍摄和制作大幅面的商品广告、人像、建筑和风景等商业照片，就应该首选TIFF和RAW格式来拍摄。对于大多数业余爱好者来说，拍摄一般的人物纪念照和风景照等普通照片资料，JPEG格式通常是最好的选择，虽然图像质量不是很好，但完全可以满足非专业需求。

图像格式的选择，还要考虑使用的存储卡。例如我们常用的2G容量存储卡，选用RAW大文件格式时，只能拍摄和存储200张左右的照片；选用JPEG中文件格式时，就能拍摄和存储1 000张左右的照片；选用JPEG小文件格式时，就可拍摄和存储高达4 000张左右的照片了。

大文件格式　　　　　　　　　中文件格式　　　　　　　　　小文件格式

● 图2-2-29　不同文件格式示意图

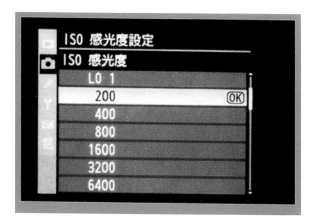

● 图2-2-30　感光度菜单

（四）感光度

感光度是指感光元件对光线的敏感程度，是我们确定正确曝光组合、获得优质影像质量的基本条件之一。国际标准化组织采用ISO标示感光度，常见的有ISO50/100/200/400/800/1 600等级数（见图2-2-30）。ISO的数值每相差1倍就表示感光度（对光的敏感程度）相差1倍，即ISO200的感光度是ISO100感光度的2倍。因此同样的光圈和快门组合，感光度不同时获得的曝光量不同。

一般将ISO100/200称为中速感光度，ISO50及其之下称为低速感光度，ISO400及其之上称为高速感光度。高感光度对光线敏感，很暗弱的光线也可拍摄，具有工作范围广、适应性强的优点，但拍摄的影像颗粒粗大、清晰度差（见图2-2-31）。低感光度对光线反应迟钝，但是有很好的影像质量，成像颗粒细、清晰且色彩好（见图2-2-32），缺点是需要有良好的光照或器材等条件才能拍摄。

● 图 2-2-31　丹麦足球迷　叶君奋摄

● 图 2-2-32　早晨的太阳　叶君奋摄

　　　　　　　　数码摄影实用教程

数码相机上的感光度（ISO）是可调整变化的。感光度是数码相机一个很重要的指标，一台数码相机的感光度挡位设置越多，意味着工作范围越大。一般设置有ISO80/100/200/400/800/1 600/3 200等挡位，可根据需要选择。除了设有多挡感光度，数码相机上还有自动感光度挡，这是一个非常实用的功能。当我们选择自动ISO（AUTO）时，相机会根据现场光线来自动匹配一挡感光度，以保证正常拍摄和图像质量良好。尤其是使用中低档数码相机或快速抓拍时，选用自动ISO挡位是很好的选择。

（五）白平衡设置与使用

1. 色温的概念

色温是光源光谱成分的物理标示，其单位为K。在科学研究中，将绝对黑体从-273℃（0K）开始加热，当温度升高时，绝对黑体会发出辐射光，而且这种辐射光会随着温度的升高，出现下列顺序的光色变化：黑色—红色—橙色—黄色—白色—青色—蓝色。

如果我们将这个光源体升温过程与光色变化来对位，就容易明白色温的形成。当某一光源的光谱成分和绝对黑体发出的色光相同时，这时黑体的温度表示该光源的色温。其中蓝色的色温最高，白色的色温居中，橙红色的色温很低，黑色的色温最低。如表2-2中所示，正常白光色温为5 500K，与上午和下午的日光相同。低于白光的色温光源中，长波光成分多，发光偏橙黄色，例如钨丝灯光线；高于白光的色温光源中，短波光成分多，发光偏蓝色，例如晴朗天空。

不同的光源色温不同，同一光源色温也常常在变化。例如太阳升起时为低色温，然后逐渐升高；中午时色温最高。我们人眼可以分辨一些光线色温的变化，例如钨丝灯光与中午阳光的不同；也有一些是人眼不易辨别的，例如有云天与无云天的差别。

色温对彩色摄影的影响很大，色温不匹配时所拍照

表2-2：色温表

光源	色温
蓝天无云的天空	10 000K左右
晴天时的阴影下	7 000~10 000K
阴天	7 000K以上
普通日光灯	4 500~6 000K
上午9~11点，下午2~4点阳光下	5 500K
平常白纸、闪光灯	5 000~6 000K
日出后一小时、早晨及傍晚阳光	4 000K左右
家用钨丝灯（灯泡）	2 900K
朝阳及夕阳	2 000~2 500K
蜡烛及火光	1 600K左右

如何选择和设定感光度，是一个重要问题。有经验的摄影师在拍摄中，会根据照片质量和工作方便两条来决定。

如果光线充足明亮，多选用中低感光度（如ISO100/200）以保证影像质量。例如晴天拍摄自然风景，由于阳光强烈而充足，可以选用低感光度ISO100。

如果是光线暗淡微弱的夜晚，可以选用高感光度（如ISO800/1 600左右）来保证拍摄顺利。因为这时选用低感光度拍摄，需要很慢的快门速度（大约1/4秒），手持拍照就会发抖而使画面模糊；改用高感光度就可以获得较高的快门速度，获得清晰画面。

片就会偏色。例如晴天上午（正常色温）采用日光色温模式拍摄，物体色彩可以真实还原；若是阴天（高色温）或阳光下阴影处采用日光色温模式拍摄，物体会偏蓝色。如图2-2-33组图中，同样的对象，上午阳光下的白色准确正常，而钨丝灯光下的白色就成了橙红色，在阴天时的白色明显偏蓝紫色。所以数码相机专门设置了"白平衡"装置（符号为"WB"），以针对光源的色温选用不同的色温模式（见图2-2-34），用来解决照片的偏色现象。在实际拍摄中，要按照光源色温，进行相机色温模式的匹配选择，获得色彩正常还原的照片。

2. 白平衡的选用

数码相机的白平衡装置（色温模式）在具体应用中，有下面两种做法：一个是真实再现被摄对象的原有色彩面貌——科学的、标准的应用；一个是自由表现被摄对象的改变色彩效果——自由的、艺术的应用。也就是说白平衡调整可以根据现场光源来定，也可以根据自己的需要灵活运用。

例如，阴天光源下选用"阴天"挡拍摄，照片就不会出现偏色，色彩还原正常。同理，晴天光源下选用"晴天"挡拍摄，照片也不会出现偏色，色彩还原正常。这就是科学的用法。

如果是不按照现场光源选用相应的色温模式，故意利用色温偏差——比如晴天用"阴天"挡拍摄，使照片出现明显偏色的特殊效果，这就是艺术的用法。

（a）上午阳光下

（b）钨丝灯光下

（c）阴天光源下

● 图2-2-33　同样对象使用不同的色温模式

● 图2-2-34 色温菜单

（a）晴天日光模式标准画面

例如图2-2-35《北海晴空》组照，是下午阳光照射下的北京北海公园景色，图（a）是按日光标准色温所拍，画面色彩真实再现了现场景物的原貌；图（b）和图（c）分别使用不同的色温模式拍摄，画面就发生了不同的偏色，给景物笼罩上一层色彩之雾，反而渲染出温馨或忧郁的气氛。

数码相机白平衡操作分自动挡和预设手动挡。自动挡使用最为方便，只要设定在自动挡上就可以获得合适的色彩，缺点是不够精准。手动挡调整更精确，可以按照现场光源色温来对位使用。

自动模式

多云模式

阴影模式

（b）白平衡的灵活使用1

钨丝灯模式

日光灯1模式

日光灯2模式

（c）白平衡的灵活使用2

● 图2-2-35 北海晴空 白平衡的艺术化使用

小贴士　　数码相机常用白平衡模式与色温标准（表2-3）

表2-3：数码相机白平衡模式与用途

预设白平衡	色温	使用环境
自动	约3 500~8 000K	相机自动调节色温，一般冷、暖色光都基本可以适应
钨丝灯	约3 000K	适用于钨丝灯下拍摄
荧光灯	约4 200K	适用于荧光灯下拍摄
晴天	约5 500K	适用于晴天顺光下拍摄
闪光灯	约5 400K	适用于闪光灯下拍摄
阴天	约7 000K	适用于阴天拍摄
晴天背光	约8 000K	适用于晴天背光拍摄

思考与练习

- 镜头成像与人眼成像原理有何异同？

- 数码相机是采用什么作为感光元件的？

- 什么是像素？

- 列举感光元件的主要规格（大小、面积）。

- 数码相机的取景系统只有光学取景器和电子显示屏两种类型吗？

- 光学平视取景与单镜头反光取景有何不同？

- 简述调控菜单与键钮的区别。

- 简述数码相机的RAW、JPEG、TIFF等图像格式的各自特点。

- 感光度是指感光元件对光线的敏感度吗？

- 中速感光度、低速感光度、高速感光度各自的数值是多少？

- 白平衡有什么作用？

- 标准色温是指哪一个色温指标？

- 白平衡有哪两种用法？

快乐数码摄影

● 图3-1-1 镜头焦距标志

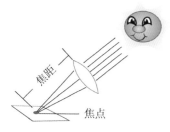

● 图3-1-2 镜片焦距示意图

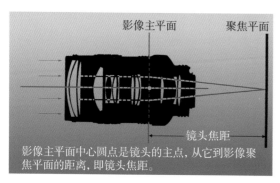

影像主平面中心圆点是镜头的主点,从它到影像聚焦平面的距离,即镜头焦距。

● 图3-1-3 镜头焦距

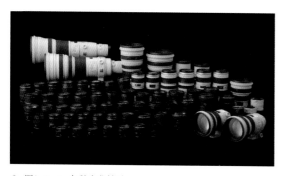

● 图3-1-4 各种变焦镜头

第一节 摄影镜头的类型与使用

要真正认识摄影镜头,首先就要弄清楚什么是镜头的焦距。

在摄影镜头的镜圈上,可以看到F=50mm或F=28mm(见图3-1-1)等数据,这就是镜头焦距(FOCAL LENGTH)的标志。

什么是焦距?我们先说普通的凸透镜。用放大镜(凸透镜)将阳光聚集到一张纸的某一点,过一会儿这一点就会烧焦,科学家将这一点叫焦点(见图3-1-2)。从焦点到透镜中心的距离就是焦距。

镜头是由一组透镜组成的,镜头焦距是从镜头主点到成像聚焦平面的距离(见图3-1-3)。从技术看,它决定着我们拍摄时获得什么样的成像效果,它的优劣也决定着照片画质的好坏。

一、摄影镜头的类型

我们按照摄影镜头的焦距不同,可以将镜头分为长焦距、标准焦距、短焦距三大类型(见图3-1-4)。镜头焦距短之可几毫米、长到几千毫米不等,有的是固定焦距的定焦镜头,也有可灵活变动焦距的变焦镜头。

(一) 标准镜头

与人眼视角大致相同的镜头(视角为46°)为标准镜头。

标准镜头的焦距长度与数码相机的画幅对角线长度相近。不同相机画幅不同,所对应的标准镜头焦距也不同。135全画幅相机标准镜头的焦距在50mm左

● 图3-1-5　佳能标准镜头

● 图3-1-6　延续　张丹萍摄

● 图3-1-7　佳能广角镜头

● 图3-1-8　尼康鱼眼镜头

右（见图3-1-5），APS-C画幅相机标准镜头的焦距范围在30mm左右。标准镜头成像符合我们人眼视觉感受、无夸张变形和成像质量好的优点（见图3-1-6），用以拍摄正常效果的画面很适合，尤其是在真实性要求较高的纪录类（新闻、资料）题材中用得很多，这是其他类型镜头所不能比的。

（二）短焦距镜头（广角镜头）

焦距短、视角广于标准镜头的镜头为广角镜头。在传统135全画幅相机中，焦距在24～38mm、视角在60°～90°的镜头为普通广角镜头（见图3-1-7）；焦距在20mm以下、视角在90°以上的镜头称为大广角镜头；焦距在9～16mm、视角接近180°的超广角镜头，称为"鱼眼镜头"（见图3-1-8）。广角镜头拍摄的画面视野宽阔，空间纵深度大，空间效果强烈（见图3-1-9）。但其不足之处是摄影成像具有较大的透视变形作用，造成一定的扭曲失真。

（三）长焦距镜头（望远镜头）

焦距长、视角小于标准镜头的镜头为长焦距镜头。在传统135全画幅相机中，长焦距镜头的焦距有70mm、85mm、135mm、300mm、500mm等，视角从5°～30°不等。70～100mm段的镜头为中长焦镜头

● 图3-1-9 香火鼎盛 王晓云摄

● 图3-1-10 佳能中焦距镜头

● 图3-1-11 佳能长焦距镜头

● 图3-1-12 黄浦江上 晨馨摄

（见图3-1-10）；135mm以上的镜头为长焦镜头（见图3-1-11）。中长焦镜头能把远处景物拉近，获得较大的影像（见图3-1-12），而且在远处拍摄时不会惊扰对象，容易抓拍自然生动的画面。

（四）镜头焦距与画幅的关系

不论摄影镜头分哪些种类、是长焦还是广角，其实都与相机自身的画幅（感光元件的形状和大小）尺寸紧密相关。换句话说，就是镜头焦距是由相机感光元件大小来判定的。

数码相机感光元件的规格多样发展，给数码相机镜头的焦距"规格"带来了多样变化，所以数码相机上摄影镜头的焦距需要转换和重新对应。比如一支135胶片相机的镜头，标准广角镜头的焦距为28mm，可是在DX画幅的数码相机上，标准广角镜头的焦距应为18mm。

为了研究和学习，需要统一对镜头焦距的标准划分。有了统一的镜头标准，无论数码相机的画幅怎样变化，根据该相机感光元件尺寸的大小与标准画幅的差异，其镜头焦距的变化都可以计算出来。目前，摄影界大多是按传统135相机镜头的焦距来折算数码相机的镜头焦距（等效镜头焦距）。

全画幅　APS-H　APS-C、DX　4/3系统　小数码机芯片
1×　1.3×　1.5～1.6×　2×　4×以上

● 图3-1-13　画幅大小与镜头倍率

小贴士　　数码相机镜头焦距与画幅的对应关系

　　这里以135胶片相机画幅为基准，比较不同尺寸的感光元件与镜头变化倍率的对应关系（见图3-1-13）：全画幅尺寸的相机镜头焦距不变；DX尺寸的相机镜头焦距应×1.5倍；APS-C尺寸的相机镜头焦距要×1.6倍；1/2.5英寸的相机，镜头焦距要×6倍。也就是说这些小于全画幅尺寸的各类相机，标记镜头焦距要放大相应的倍率，例如DX尺寸的相机标记的镜头焦距为18mm，那么放大1.5倍后焦距为27mm，就是该镜头的实际焦距。

　　这个镜头焦距与画幅规格的对应关系——转换后的实际焦距是多少，一般在相机说明书中有具体说明。

● 图3-1-14　佳能微距镜头

（五）微距镜头

　　微距镜头是专门为近摄或拍摄微小对象而设计的，焦距多为30～80mm（见图3-1-14）。这类镜头可以在很近距离拍摄，将微小物体（如邮票、硬币）按1:1的比例记录下来，在表现物体细节和质量上，具有特别的优势（见图3-1-15）。

（六）变焦距镜头

　　现在的数码相机大多采用变焦距镜头（变焦镜头），非常方便。常见的变焦镜头主要有下面几种焦距区段：28～70mm，28～135mm，80～200mm，35～350mm等，拍摄时可以自由变换焦距（见图3-1-16组图）。原来的传统相机多是几个固定焦距镜头（定焦镜头）配合使用，十分不便。两种镜头相比，定焦镜头成像质量好、口径大、价格低廉，有更换镜头的麻烦；变焦镜头使用非常方便（见图3-1-17），具有"一镜走天下"的巨大优势，其不足是最大口径较小（一般在F3.5～5.6之间），曝光时间上受限较多，另外镜头成像质量不如定焦镜头。

● 图3-1-15　水母　夏晓军摄

（a）尼康AF28~80mm变焦镜头

（b）腾龙200~500mm变焦镜头

● 图3-1-16　变焦镜头

（a）变焦距镜头的视角变化

● 图3-1-17　变焦镜头的使用

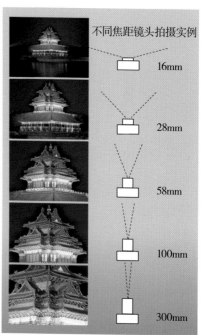

不同焦距镜头拍摄实例

（b）不同焦距镜头拍摄实例

小贴士　　光学变焦与数码变焦

数码相机的变焦镜头在操作上通常有两种方式。专业单反机是通过镜头变焦环的旋转推拉完成从长焦到广角的转变；轻便傻瓜机是通过机身上变焦钮的拨按（符号W表示广角、T表示长焦）完成从长焦到广角的转换。

数码相机说明书上，常有光学变焦几倍和数字变焦几倍两个数据，就是指变焦距镜头的变焦区域和具体范围。

其中，光学变焦是指镜头实际拥有的变焦范围，如"18~180"就意味着10倍变焦，是典型的广角到长焦。所拍摄影像大小明显不同，但影像质量都是一样的。而数字变焦就只是一个虚拟变化，是说通过数字插值方式来改变影像大小，影像质量会随着放大变得很差。就像我们在计算机上放大一幅图片的局部，放得越大图像越差。

如果从照片的质量上来比较两者，光学变焦是真实的——越大越好；数字变焦是虚假的——没有实际意义。当然，光学变焦也不能太大，因为这将带来高昂的价格，成像质量也难以上佳。

二、镜头的特性与合理运用

镜头是相机的眼睛，我们要看清对象和合理运用镜头，才能获取一个好的画面。

标准镜头拍摄的人物，成像质量优异，视觉效果与我们人眼所见相同，没有透视夸张和变形。标准镜头还有一个技术优势，就是大口径的光圈。这对于低照度环境下（如室内、战场和夜间）利用自然光

拍摄是非常有用的, 再加上标准镜头的视觉真实感, 所以受到许多新闻记者和纪实摄影家的青睐。如图3-1-18《生日》是用标准镜头拍摄的人物半身像, 画面主体突出, 虚实得当, 简练而自然地表现出一种喜悦而放松的神采。

长焦镜头拍摄时, 具有视角窄小、放大成像、远距离观看、景深小等特点。用来拍摄远处的人或景物, 比较方便省事、还能强烈虚化背景, 达到突出主体对象的目的。如图3-1-19《旗帜》, 长镜头的放大作用, 使万国

● 图3-1-18　生日 戴立新摄　　　　● 图3-1-19　旗帜 陈勤摄

● 图3-1-20　美人鱼展览 陈勤摄

● 图3-1-21　鱼眼效果

旗中一个很小的局部变得非常突出, 而且还将前后的旗帜压缩起来, 显得紧凑集中, 作品以小见大, 也就格外吸引人的目光。

广角镜头拍摄的场面, 视野宽阔宏大, 能夸大空间纵深感, 在画面空间的表现优势很大。如图3-1-20《美人鱼展览》就是采用24mm广角镜头与小孔径光圈拍摄, 很好地展现出狭小空间里的雕塑布局, 并利用大景深范围, 使现场中的人和物细节质感都得到良好表现。广角镜头成像常有扭曲失真现象, 尤其超广角(鱼眼)镜头更为明显(见图3-1-21), 用好了可以使画面视野更宽阔、景深更大、透视更强; 用不好就会丑化和歪曲对象, 因此在拍摄人像中要慎用。

如果我们了解了镜头的不同特点, 并善于将镜头的各项功能综合起来(如镜头焦距长短、光圈大小、透视变化等), 就能获得更为特别和优异的画面影像。

(a)

变焦镜头拥有从广角到长焦的不同镜头焦距，可以让我们自由变换拍摄景别画面（即取景范围）。利用镜头的不同焦距变化，可以原地不动拍摄大、中、小不同景物画面。如图3-1-22中，图（a）用广角镜头拍摄，环境空间大，容纳景物多，景深大；图（b）用长焦距镜头拍摄，主体对象放大，容纳景物少，景深小。需要注意的是，这样变焦拍摄与改变实际距离拍摄获得的画面，虽然是同一个被摄对象，其实两张画面中前后景物的空间关系是不同的。图（b）中宝塔和远山之间有明显的压缩贴近效果，图（a）中就不是这样。

变焦推拉拍摄是一种特殊的技法效果，这是类同于"向四周放射"的画面效果。具体做法是在拍摄时变动焦距，使画面产生中心向四周爆炸的线条，产生动态的影像效果。如图3-1-23《花开了》拍摄花朵的过程中，利用变焦镜头的推拉把四周空间变换成扩张的线条，将原本静止的花朵变成了动感强烈的开放过程。

(b)

● 图3-1-22　古塔　李永宁摄

● 图3-1-23　花开了　天龙摄

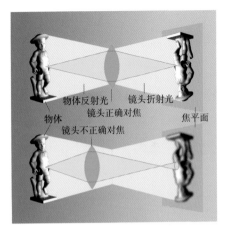

● 图3-2-1　对焦原理

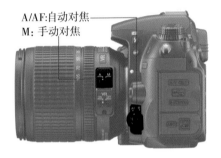

A/AF:自动对焦
M：手动对焦

● 图3-2-2　自动与手动对焦转换键

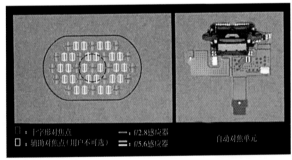

□：十字形对焦点　　　　=：f/2.8感应器
□：辅助对焦点（用户不可选）　=：f/5.6感应器　　自动对焦单元

（a）佳能对焦元件

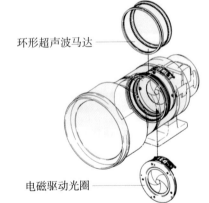

环形超声波马达

电磁驱动光圈

（b）内置对焦马达及电磁光圈

● 图3-2-3　相机对焦元件

第二节　对焦控制

对焦（调焦）是决定我们拍摄的人物是否清晰的操作，通过调节镜头上的距离环来实现正确对焦（见图3-2-1）。数码相机主要是采用自动化对焦装置，可以很轻快、准确地完成对焦工作，拍摄出影像清晰的照片。也有部分相机还配备有手动对焦方式，来完成对焦工作。

一、自动对焦（AF）与手动对焦（MF）

数码相机上的自动化对焦系统，标示符号为 AF（见图3-2-2），这个装置由红外线测距离部件、集成电路和微型马达组成，工作效率和准确程度都很高。自动调焦以侦测被摄对象的反差和模拟再现为工作原理，其中对物体表面明暗差异的侦测和接收是关键，分为主动和被动两种工作方式。当前的数码相机上，都是将两种对焦结合应用，正常光线下使用被动对焦，特殊光线下则启动主动对焦方式。

被动式自动调焦（见图3-2-3）是相机直接采纳外界景物表面的明暗状况，并计算出远近距离，驱使微型马达完成对焦（影像清晰）。主动式自动调焦（见图3-2-4）是由相机主动发射一束红外线侦测光，然后感知光照状态并计算出远近距离，驱使微型马达完成对焦（影像清晰）。两者相比：被动式对焦可利用现场光调焦，工作范围广、拍摄距离远、耗电少；但是现场光线暗弱时就无法拍摄。主动式对焦不受光线条件的左右，可以在光线暗弱时拍摄，但目标距离太远时也无能为力。需要指出的是，自动对焦也有局限，当碰到缺乏明暗对比的物体时，如云雾、暮色、单色平面等，常常不能正常工作。这时，摄影者应关闭自动挡改为手动控制对焦。

手动对焦是传统相机上使用最多的方式，操作很简单，就是直接用手调整镜头距离刻度来完成对焦。主要有三种方法：一是直观调焦，即一边转动对焦环，一边观察取

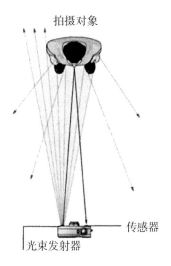

图3-2-4 主动对焦示意图

拍摄对象

传感器

光束发射器

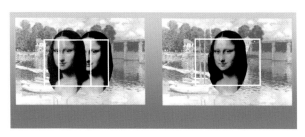

图3-2-5 双影重合对焦示意图

图3-2-6 裂像调焦示意图

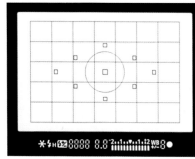

（a）多点自动对焦

（b）自动对焦点，取景器7点自动对焦系统及信息显示

图3-2-7 对焦区域选择

景屏上影像，清晰时表示调焦正确。二是双像重合调焦，即通过旋转镜头对焦环，使取景器内被摄主体两个错开的影像重合一体，表示调焦正确（见图3-2-5）。三是裂像调焦， 即通过旋转镜头对焦环，使取景屏中心圆形光楔上分裂的影像契合，表示调焦正确（见图3-2-6）。

二、对焦区域与对焦模式

我们在使用数码相机的自动对焦前，应先弄明白自动对焦区域和对焦模式。这是两个容易混淆的内容。

（一） 自动对焦区域（点）与选择

自动对焦区域主要分为中心点对焦和多点对焦区域（线型多点、十字多点、矩形多点等）。中心点对焦是自动对焦的基础，多点对焦区域扩大了对焦范围，解决了单一中心点对焦的不足，有利于构图变化和拍摄运动物体（见图3-2-7）。我们选择自动对焦区域，其实就是选择对焦点的位置。

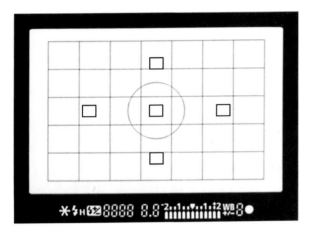

● 图3-2-8　常用5点自动对焦

● 图3-2-9　中心点对焦人像

最常见的是自动对焦区域是五点分布，即画面的中心、上、下、左、右各设置了一个对焦点（见图3-2-8）。工作时相机根据设定，从五个焦点区域中挑选一个对焦点，自动对好焦点使被摄对象清晰。那么我们在拍摄时，怎样使用这五个自动对焦点呢？

另一种是中心点对焦。这是实际拍摄中使用最多的方式，因为其直接方便、快速准确。这种对焦方式是将被摄主体放在画面中心位置，对焦操作精准，拍摄影像清晰。如图3-2-9所示，就是最常见的中心对焦点和中心主体的人像照片。但如果被摄主体不在中心区而是在边角处，这时还按照中心焦点来拍摄，就会出现中间背景清晰而主体虚糊跑焦，见图3-2-10（a）。解决办法是先移动相机将主体放在中心处，见图3-2-10（b），半按快门完成对焦后保持（半按快门不放），移动相机再重新构图后按下快门拍摄，见图3-2-10（c）。

另一种是非中心点对焦，见图3-2-11（a）。根据主体对象在画面的上、下、左、右的点位，将相机的自动对焦点从中心点移动到上、下、左、右四个对焦点中的一个，再直接用此点对焦（见图3-2-11）拍摄。如果重点在中心点下方的右边点位，就将对焦点移到下方对焦点，直接对焦完

（a）

（b）

（c）

● 图3-2-10　对焦锁定移动构图

数码摄影实用教程

（a）

（b）

（c）

● 图3-2-11 非中心对焦 江心屿

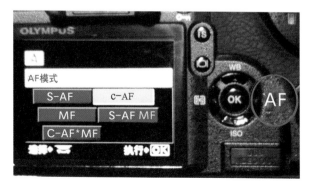

● 图3-2-12 对焦菜单

成拍摄，见图3-2-11（b）。如果重点在上方的左边点位，就将对焦点移到上方对焦点，直接对焦完成拍摄，见图3-2-11（c）。

（二）自动对焦模式与选择

数码相机的自动对焦模式，是根据被摄对象的运动状态来设计的，主要有单次自动对焦和连续自动对焦两大类（见图3-2-12）。其中连续自动对焦还可分为连续对焦与伺服对焦（预测自动调焦）。

三种对焦模式的各自特点是：单次自动对焦——单次调焦、释放快门，焦点不对准就无法释放快门拍摄。主要用于静态摄影。连续自动对焦——调焦中随时可以释放快门，以避免因调焦延误拍摄时机，适合动态摄影。伺服对焦（预测自动调焦）——调焦中自动侦测和跟踪运动目标的移动，使焦点同步和锁定在运动目标身上而清晰。

一般来说，我们只需要选择单次自动对焦模式，就能准确可靠地完成聚焦拍摄。如果是拍摄运动对象，就要考虑选择后面两种（连续自动和伺服对焦）对焦模式。因为连续和伺服自动对焦模式是针对运动物体来设计的，具有很大的优势和精确度。

（三）对焦失败与解决方法

自动对焦好使又方便，但是也有不适合采用的时候，比如在拍摄夜景时就常常不能工作。什么原因、又如何解决？这是我们要明白的。

对焦失败出现的第一类情况是在拍摄单色物体或透明物体时出现的。

从数码相机自动对焦的原理来看，都是利用物体表面的条纹对比性（明暗差）来分辨物体并侦测和计算距离。假如碰到了缺乏明暗的单一色对象，如天空、棉花、白纸、烟雾等，相机就计算不出距离，这就导致自动对焦失败；如果是碰到透明玻璃、镜子等对象，相机就会弄错焦点和距

单色与透明物体对焦失误

替代对焦后获得清晰影像

● 图3-2-13　替代对焦效果

离，导致跑焦。既然相机的自动对焦失败，拍摄也就无法正常完成。对此我们可以用下面的方法解决。

一是选择单色物体旁、有较大明暗反差的其他物体，进行替代对焦后锁定焦点，然后移回来对准单色物体拍摄。

二是找一个与被摄主体距离相同的物体进行替代对焦，然后锁定焦点，再移动回来正式拍摄。如图3-2-13所示就是典型的例子，被摄对象是玻璃后的青铜壶，自动对焦时焦点穿过玻璃到后面的人身上，青铜壶就模糊了；这时选择距离相同的观众作为目标聚焦，再移动相机拍摄，青铜壶就很清楚了。

三是拿一个反差明显的小物件放在单色物体上，半按快门实现自动对焦后锁定，迅速拿走小物件后正式拍摄，可获得清晰画面。

小贴士　对焦锁定

● 图3-2-14　自动对焦锁定

对焦锁定是指自动对焦后，利用专门按键暂时固定（锁住）焦点以准备拍摄，这就是对焦锁定。对焦锁定的作用是，当相机碰到一些单色或者光滑面物体时无法正确对焦，或者因为对焦缓慢而错失精彩瞬间等情况时，采用对焦锁定功能，就能解决问题。

现在数码相机上一般用AF-L标符来表示对焦锁定（见图3-2-14），只要按下AF-L键钮就可锁住焦点。当半按快门自动对焦，焦点对准后，焦点确定指示"●"会出现在取景器中，这时按下AE-L/AF-L按钮就锁定了对焦。对焦锁定后松开快门按钮，对焦不会被解锁。只有按下快门拍摄后，这一次对焦锁定设置才解除。也可重新按一下AF-L键钮来解除。具体操作是，如果需要自动对焦锁定时，先选择一个对象实现对焦（不易对焦的单色对象，可利用同等距离的物体替代对焦），然后按下对焦锁定钮锁定对焦，再调整画面构图与曝光，完成拍摄。例如拍摄迎面奔来的物体，可以预先确定一点对焦并锁定，等待物体移动到这一点时候，按下快门完成拍摄。

曝光正确效果　　　　　曝光错误效果

● 图3-3-1　曝光正误对比

（a-1）曝光不足，清晰度下降，颗粒粗　（a-2）曝光不足，局部放大

（b-1）曝光正确　　　　　　（b-2）曝光正确，局部放大

（c-1）曝光过度，清晰度下降，颗　（c-2）曝光过度，局部放大
粒变粗

● 图3-3-2　曝光效果及局部

对焦失败出现的第二类情况是在拍摄现场光照条件不好的情况下出现的。

摄影不会总是遇到明亮的好天气，我们也常会在夜晚、地道和室内等光线暗弱的时候拍摄。这时自动对焦就可能失败。如果相机上有主动对焦辅助灯，可以打开来实现主动对焦；如果没有主动对焦辅助灯（一些低档机类），就需要另想办法了。解决办法很简单，利用自带的外拍灯照亮对象（即使是一个小手电也行），就可以实现自动对焦完成拍摄。

其实，对于这两种对焦失败现象，还有一个简单的解决方案，就是将自动对焦改为手动对焦即可。当然，使用的前提条件是，我们的相机（镜头）上必须有手动对焦功能。

第三节　曝光与测光

一幅照片让人感到明亮、黑暗、还是正常，与我们拍摄过程中对曝光的控制关系紧密。同一个对象，同样的拍摄条件，只要曝光量有微小差别，都会带来不同的画面效果，如图3-3-1对比效果所示。

一、曝光装置与组合

摄影曝光是指根据明暗不同的被摄对象，合理运用曝光组合（光圈和快门），控制通过镜头到达感光元件上的光线——曝光量，获得影像画面的工作过程。

我们通常从曝光效果上将拍摄照片分为三种：即曝光正确、曝光不足和曝光过度。曝光正确应该是每次拍摄的技术要求，曝光不足和曝光过度则是我们要避免和杜绝的不良后果。因为曝光正确可得到好照片，影调明暗适中、色彩真实还原、影像清晰、层次丰富，如图3-3-2组图中局部放大图的比较，就很清楚地说明了这些。

数码相机上的光圈和快门是控制曝光量的两个重要装置（见图3-3-3），共同作用并决定照片的曝光量多少。

光圈大小
快门速度

● 图3-3-3　相机的光圈和快门

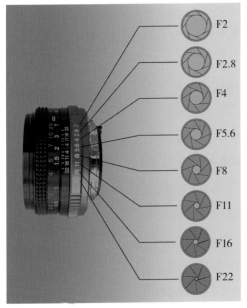

F2
F2.8
F4
F5.6
F8
F11
F16
F22

● 图3-3-4　镜头光圈示意图

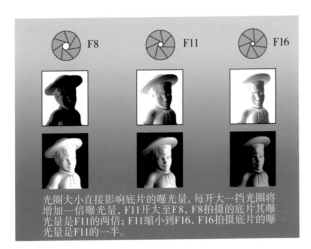

F8　　F11　　F16

光圈大小直接影响底片的曝光量，每开大一挡光圈将增加一倍曝光量，F11开大至F8，F8拍摄的底片其曝光量是F11的两倍；F11缩小到F16，F16拍摄底片的曝光量是F11的一半。

● 图3-3-5　光圈大小变化影响曝光量

（一）光圈的设置及作用

光圈通常安装在镜头内，是由若干金属薄片构成的一个圆形窗孔。这是一个可调节大小的圆孔，用来控制通过镜头时的光线数量（通过改变光圈大小实现）。我们用光圈系数F表示光圈的大小，F值数字越小，表示光孔越大，意味着通过镜头的光线就越多；F值数字越大，表示光孔越小，意味着通过镜头的光线就越少（见图3-3-4）。例如F11就比F8要小，反过来F8就比F11要大。

相机上光圈的排列变化，都是采用同样的标准和级差。传统相机通过镜头筒上的光圈数值刻度来表示，光圈的大小排列挡位是2、2.8、4、5.6、8、11、16、22等数字，其中每一挡光圈挡位之间相差一倍曝光量。也就是说F11比F8小一挡，曝光量要少一半。数码相机是采用电子光圈来工作，光圈的大小数值在取景器上显示，是以1/3挡的曝光量级差来排列，如2.8、3.2、3.6、4、4.5、5.0、5.6、6.3、7.1、8、9、10、11、13、14、16、18、20、22、25、29、32……等。两者相比，数码相机的光圈排列更精细，比传统相机更准确。

光圈的作用主要有以下三个方面：

一是控制进光量，完成曝光任务。光圈的大小变化，可以使进入到相机内部的光线出现相应变化。例如图3-3-5所示，从F11放大到F8，增加了一挡光圈，也就是增加了一倍曝光量；如果是从F11缩小到F16就减少一挡光圈，也减少了一半曝光。我们通过大小不同的光圈，就可以增加或减少曝光，拍摄出想要的明暗效果。

二是控制景深，调节影像虚实。光圈的大小变化，还可以用来控制画面的景深范围。景深就是我们拍摄时获得的物体影像清晰范围，它与光圈有非常紧密的关系。一般来说，光圈小时，景深就大；光圈大时，景深就小。具体见本章第四节景深"原理与运用"。

三是利用最佳光圈，获得优异影像。在从大到小排列的一组光圈中，有一挡光圈在成像（像差和色差都最小）上优于其他挡位光圈，这就是最佳光圈。不同厂家镜头的最

数码摄影实用教程

佳光圈不尽相同，但一般都位于该支镜头光圈级数的中间位置，如F5.6、F8、F11。如果在实拍中想要获得最佳影像质量，就应该首先选用最佳光圈拍摄，如图3-3-6《瓯江畔》就是采用F11最佳光圈拍摄的，画面上的建筑物、江水和蓝天等，轮廓清晰度、层次细节和色彩面貌都得到了非常好的表现。

● 图3-3-6　瓯江畔 陈勤摄

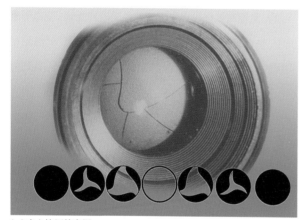

（a）中心快门的启闭

（b）焦平面快门

● 图3-3-7　快门装置示意图

（二）快门的设置与作用

快门是一个决定开启和关闭时间的闸门装置，安装在相机内部，用来控制相机接受曝光时间的长短。快门装置分为中心快门，见图3-3-7（a）与焦平面快门，见图3-3-7（b）两大类。它有点像是一个水龙头闸门，打开就放水，打开时间越长放水时间越长。

传统相机为机械快门，数码相机为电子快门（类似焦平面快门），是以图像传感器扫描读取数据的时间为曝光时间，其快门速度的提高或降低，就是加快或减慢电子扫描速度。

快门时间的长短（快门的大小）标记用分数表示（时间的倒数）。分母数值越大，就表示快门速度越快，也就意味着进入到相机内部和感光元件上的光线越少（见图3-3-8）。反过来，分母数值越小，就表示快门速度越慢。

大多数相机的快门基本挡位设置如下：B门、30秒~1秒、1/2秒、1/4秒、1/8秒、1/15秒、1/30秒、1/60秒、1/125秒、1/250秒、1/500秒、1/1 000秒、1/2 000秒、1/4 000秒、1/8 000秒等。每挡快门速度之间相差一倍曝光量。例如最常用的两种快门速度1/125秒和1/250秒，前者就比后

● 图3-3-8　三种快门速度

电子光圈

电子快门

● 图3-3-9　数码相机的光圈与快门挡位

● 图3-3-10　B门标志

者要慢一倍,接受的曝光量也要多一倍。反之,1/250秒比1/125秒快一倍,曝光量也要多一倍。

数码相机快门挡位设置可以采用1/3级差变化方式排列,如1/4秒、1/5秒、1/6秒、1/8秒、1/10秒、1/13秒⋯⋯1/200秒、1/250秒、1/320秒、1/400秒等,这就比以往的基本挡位设置更多更细密,也就更有利于工作(见图3-3-9)。

我们把1/500秒及更快的快门速度称为高速快门,1秒以及更慢的快门速度称为慢门。高速快门的好处是可以拍摄下速度很快的运动对象,慢门的好处则是有利于使用小光圈获得很大的景深空间。B门(见图3-3-10)是专用快门——按下钮即开、松手即关,可以进行任意长时间曝光拍摄,为夜景和室内等特殊现场提供了方便。

快门的作用主要有两个:

一是控制光线投射到感光元件的时间长短。在摄影曝光中,快门与光圈配合完成曝光过程。快门控制光线到相机内的数量,是通过开放闸门时间长短来实现的。快门打开时间越长,进光越多;打开时间越短,进光越少。另外,快门在不工作时(关闭时)能安全可靠地防止漏光、避免误拍。

二是快速清楚记录下运动物体的"动态"。不同的快门速度,记录运动对象的能力是不一样的。生活里有各种各样的运动物体及其状态,有的缓慢得像静止状态,例如蜗牛的行走;有的运动物体稍纵即逝,人眼是很难看清的。但是这些状态,从缓慢的蜗牛到冲天的火箭,都能利用合适的快门速度将它们清晰地拍摄下来。典型事例是子弹击穿可乐瓶的照片(见图3-3-11),只有在超高速快门下,这一瞬间才能记录并显示于大众眼前。

● 图3-3-11　子弹穿透可乐罐　L-安特摄

拍摄运动物体时，可以采用两种做法（见图3-3-12组图）。一个是使用高速快门，将运动体"定格"在照片上，以保证影像清晰和图片质量。另一个是使用慢门拍摄快速运动的物体，使被摄物体呈现不同程度的虚化模糊现象。一些摄影经常采用这种做法，正是为了艺术需要，而故意利用速度差来制造虚实效果的。如喷泉起落速度很快，常规应用1/500~1/1 000秒才能记录下它的清晰形态。假如采用1/30秒左右的慢门拍摄，就使洁白的水流犹如薄纱缥缈，增加画

(a)

(b)

(c)

(d)

(e)

● 图3-3-12　快门速度比较

● 图3-3-13 时光流彩 陈勤摄

面的诗情画意。另外，利用B门能长时间拍摄的特性，可以制造出新颖特殊的影像效果，如图3-3-13《时光流彩》，夜晚光线暗弱，过往的车辆在长时间曝光下呈现出流动的轨迹，画面就显得生动活泼，别有情趣。

（三）曝光组合

曝光主要靠光圈和快门的配合来完成。光圈的大小和快门的快慢，都会影响整个曝光量。曝光组合就是光圈和快门相互依托和变化，合理组合在一起获得合适的曝光量。

如果我们把相机比作一个空水杯，光圈是水龙头，光圈大小就是水龙头的粗细；快门是水龙头的闸门，快门速度是打开水龙头的时间长短。这里，我们将空水杯接装半杯水规定为合适标准——也就是正确曝光的标准量。那么，要接好半杯水，当水的流速急快时，应该把水龙头开小些、或者打开时间短一些；当水的流速缓慢时，应该把水龙头开大些、或者打开时间长一些。也就是说采用不同的光圈和快门组合可以得到相同的曝光量（图3-3-14组图）。

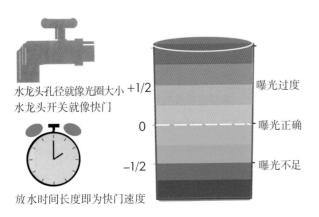

水龙头孔径就像光圈大小
水龙头开关就像快门

放水时间长度即为快门速度

+1/2　曝光过度

0　曝光正确

-1/2　曝光不足

（a）曝光示意图1

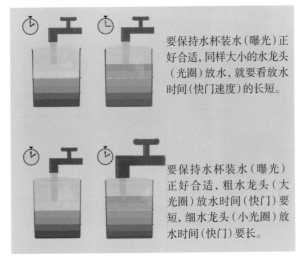

要保持水杯装水（曝光）正好合适，同样大小的水龙头（光圈）放水，就要看放水时间（快门速度）的长短。

要保持水杯装水（曝光）正好合适，粗水龙头（大光圈）放水时间（快门）要短，细水龙头（小光圈）放水时间（快门）要长。

（b）曝光示意图2

● 图3-3-14　曝光示意图

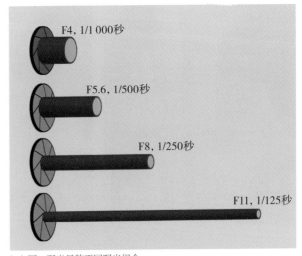

F4, 1/1 000秒

F5.6, 1/500秒

F8, 1/250秒

F11, 1/125秒

（c）同一曝光量的不同曝光组合

假如是拍摄某一具体对象，曝光组合的原理及变化让我们有了多种拍摄方案，都可以获得同样正确的曝光结果。比如在同一光照条件下拍摄，已经知道了正确曝光的曝光组合是F4、1/500秒的搭配；那么，即使换用F5.6与1/250秒的曝光组合也可以实现正确曝光。同理，换用F8与1/125秒的曝光组合、F11与1/60秒的曝光组合，同样都可实现正确曝光。因为从曝光总量上看，这四组曝光组合所接受的总体曝光量是一样的。

小贴士　　直方图（柱状图）

　　直方图是数码相机的重要反馈窗口，通过它可以分析和展示我们所拍摄照片质量如何（见图3-3-15）。它可以反馈并显示拍摄时控制曝光结果的数据，帮助我们从技术角度了解和掌握被摄对象的主要信息，不至于被LCD屏幕（显示效果与实际效果之间有很大差异）所误导。

　　直方图采用二维坐标系结构，横轴是指照片中图像的亮度数值分布，纵轴则是指照片中对应亮度范围的像素相对值

（见图3-3-16）。当直方图中的黑色色块偏向于左边时，说明这张照片的整体色调偏暗，也可以理解为照片曝光不足。当直方图中的黑色色块集中在右边时，说明这张照片整体色调偏亮，也可以理解为照片曝光过度。

　　具体地说，直方图的横轴代表图像的亮度等级（阶段），从左向右意味从暗到亮的变化（全黑逐渐过渡到全白）；纵轴表示不同亮度阶段的像素数量，左侧的像素数

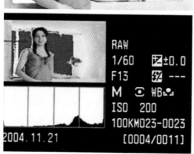

灰色区域表示曝光过度，直方图曲线峰向右倾移

灰色区域表示曝光不足，直方图曲线峰向左倾移

● 图3-3-15　直方图信息

光亮度均匀

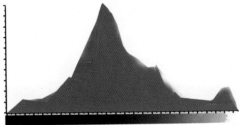

曲线连续又平滑，表示被摄景物的明亮部分与黑暗部分的亮度相差不大、分布均匀。

曝光过度

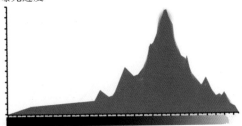

若曲线偏向右侧，表示黑暗的地方太少（曝光过度）。

● 图3-3-16　直方图信息

光亮度不均匀

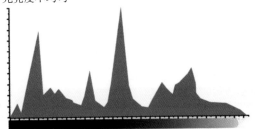

若曲线起伏较大，就表示明暗部分的亮度相差大，即明暗对比度大（反差大）。

曝光不足

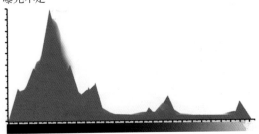

如果曲线偏向左侧，则表示光亮的地方太少（曝光不足）。

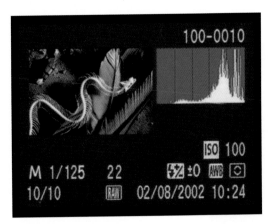

● 图3-3-17　直方图信息

量越多，图像越暗；右侧的像素数量越多，图像越亮。这其中，明暗信息也可以分解转换为三原色的色彩信息（见图3-3-17）来表示，从中就能看见哪一类色彩是多还是少。

从技术标准上看，好的照片是从明到暗的各个细节都有，各种色彩信息也比较均衡，这在直方图上显示出来，就是从左到右都有像素分布，而且直方图的两侧还没有溢出的像素。

我们知道，曝光控制的好坏对照片质量有非常大的影响。结合直方图可以很好地控制曝光，如果某一侧的像素堆积偏多，就是说应该调整曝光量，才能使曝光更准确合理。例如直方图右侧像素闪烁密集，指示为影像曝光过度，需要调整。我们可以根据直方图所显示的曝光信息，通过调节光圈、快门、曝光补偿等技术手段，对曝光量进行精确调整，保证所拍摄照片曝光合适、质量上佳。

● 图3-3-18　测光示意图

● 图3-3-19　曝光组合

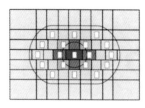

▲ 以不同的比例计算画面中的各部分测光值，从而得出最稳定的测光法

● 图3-3-20　分区测光示意图

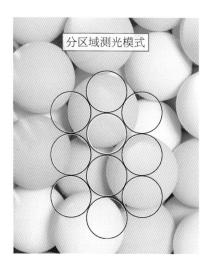

● 图3-3-21　分区域测光画面

二、测光模式及特点

曝光控制是为了能够主动、精确地控制照片中影像的明暗效果，但这又必须是在充分了解被摄对象的基础上才能真正实现的。大千世界复杂多变，如洁白的雪山、蔚蓝的大海、绿色的草原、黑暗的矿井等，有的明亮耀眼、有的不见五指。我们只有清楚知晓各种被摄物体的具体亮度和细微变化，才能根据它们的亮度来精确控制曝光。

数码相机上都装有测光表，专门用来侦测我们准备拍摄的对象（见图3-3-18）的明暗状态（如雪白、浅亮、中灰、深暗、黑色等），并转换为大小不同的具体数据（曝光组合数值），供摄影者用作曝光时的参考。在数码相机上，测光工作以及测光获得的有关数据，可通过取景器、LCD显示屏和调控盘等部件来观察和调整控制（见图3-3-19）。

数码相机的测光工作模式主要有以下几种。

（一）区域测光

区域测光是数码相机测光的首选模式，又叫评价测光、矩阵测光（见图3-3-20）。它的工作原理是，把取景范围分为若干个区域（少的五区、多的几十区），同时对这些区域里景物的亮度进行测量，由相机内微电脑将各区域数据综合起来进行智能分析和计算，得到一个可以使照片整体曝光正确的曝光组合数值，作为拍摄的曝光依据。

其最大特点是将测光工作区域化整为零、化大为小，同时智能化评价各个区域的景物明暗状况，并参照相机中储存的成功范例来自动修正现场景物的明暗特殊变化（见图3-3-21）。它可以与相机自动程序合成智能曝光系统（工作模式），具有曝光误差小和智能快捷的优点。

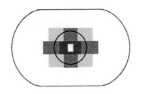

▲ 以中央占较高的比例计算,若主体位于画面中央,而且占大部分面积,测光便会偏向主体。

● 图3-3-22　中央重点测光

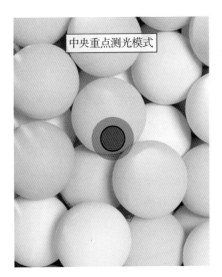

● 图3-3-23　中央重点测光画面

▲ 以范围极小的中央点为测光重心,以外的范围接近完全不受影响,测光系统会只测量测光点上的主体受光量。

● 图3-3-24　点测光示意图

（二）中央重点测光

中央重点测光也是数码相机的主要测光模式（见图3-3-22）。它的工作原理是,有偏重地测取取景范围内的景物亮度值,就是以画面中心部位的景物为主（占70%比重）、以边缘部位的景物亮度为辅（占30%比重）,并将两个区域综合一起,得到一个使照片整体曝光正确的曝光组合数值,作为拍摄的曝光依据。

顾名思义,中央重点测光的测光重心就是放在取景画面的中心区域,照顾的是这部分的对象,降低了边缘环境区域的比重,与一般拍摄中主体居于画面中央的特点正好相符,具有主次兼顾和简易方便的优点,所以得到了广泛应用（见图3-3-23）。反过来,当被摄主体不在画面正中位置时,就可能受周围环境亮度干扰而出现曝光失误,因此有不够精确的问题。

（三）点测光

点测光是比较特别的测光工作模式,也可以说是一种要求很高的专业模式。它的工作原理是,只对取景画面中心很小一块区域的景——物亮度（占5%左右）测量取值,作为拍摄的曝光依据（见图3-3-24）。而在中心点之外的周围大面积景物就被完全忽略掉。

这种测光模式的特点是只测量极小区域里的物体亮度,排除了周围其他物体可能产生的干扰,能准确、细微地测知这一极小部位（重要区域）的物体亮度（见图3-3-25）。我们说其要求高,是因为点测光模式在操作时需要考虑较多因素,测量什么部位,有什么目的。一般有两种需要:在碰到复杂光线条件时,可以分开并比较复杂对象亮度差的优势;在碰到远距离对象时,可以原地测量该对象的局部亮度。这对于帮助摄影者精确控制曝光效果非常有用,所以深受专业摄影师的青睐。

不管是哪一种测光模式,都只是对现场光照和景物亮度的"侦察",所得数据也只是为摄影人提供工作参考。

点测光模式

● 图3-3-25　点测光模式画面

三、曝光模式与使用

数码相机上设计有用来实现自动曝光控制的工作模式,为我们从事专业拍摄提供了多种智能化操作选项。其中主要的曝光模式有以下几种(见图3-3-26)。

(一) 手动曝光模式

手动曝光的标示符号为"M",是采用手动操作来选择曝光组合的一种模式,也是所有专业相机上最主要的曝光模式。在这个模式下,相机的光圈和快门都必须由摄影者自己来设定,自行用手按需要调节光圈大小和快门速度,按需要决定拍摄所需的曝光量,曝光正确、曝光过度或曝光不足均可。

手动曝光的特点是摄影者可根据创作构思,自主选择光圈和快门的组合实施曝光,获得自己想要的曝光结果。这时,测光表上提供的数据只是基础参考,摄影人可结合现场特殊的光线变化和明暗景物,来安排更能表达自己意图的曝光组合。如图3-3-27《子夜钟声》就是运用手动曝光模式,在夜晚暗弱光线、局部照明和冷暖色光交织的复杂条件下,仔细调整曝光,获得了很好的画面效果。

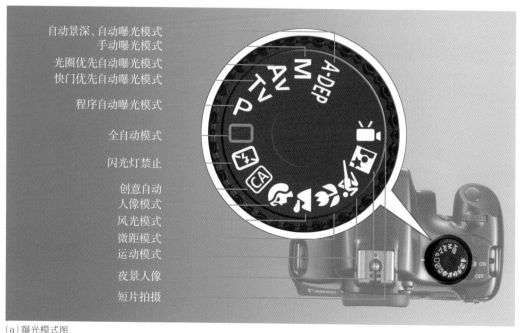

(a)曝光模式图

TV 快门优先

用户选择快门速度，相机自动选择适当的光圈。

Av 光圈优先

用户设定光圈以控制景深，相机自动选择适当的快门速度。

M 手动

用户选择光圈及快门速度，完全自行控制曝光。

P 程序

在拍摄时，相机自动并智能地选择光圈/快门速度组合。

肖像

背景变虚，能够更加清晰地捕捉到所对焦的人物影像。

风景

在可能的情况下，相机使用较小的光圈，增加景深的效果。

夜景

相机使用较大的光圈使景深变浅，提供被摄体清晰而背景模糊的效果。

运动

高速的快门速度，凝固运动瞬间。

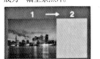

拼接

通过附赠软件，用户可以无需指导，方便地拍摄一系列照片，随后将其组合起来，成为一幅全景照片。

短片

用户可以15帧/秒、30帧/秒等规格拍摄有声影片。

（b）曝光模式符号

● 图3-3-26　曝光模式

● 图3-3-27　子夜钟声　陈勤摄

（二）光圈优先模式

　　光圈优先又叫光圈先决，标示符号为"A/Av"，属于一种半自动曝光模式。在这个模式下，摄影者可以优先手动选择一个光圈（大小数值），相机内程序就会根据现场景物的明暗变化，自动选用一个快门速度进行匹配曝光，获得曝光正确的效果。

　　光圈优先模式的特点是优先考虑光圈的选择和作用。比如可以很好地控制画面中景深（清晰范围）的大小，也可间接决定曝光时间的长和短。光圈优先模式的这些作用，在拍摄人像、风景等题材时，操作起来简便实用。如图3-3-28《北欧风光》是采用光圈优先模式拍摄，为了使游轮、天空和大海都清晰，根据景深需要选择F16的小光圈后，相机自动配上合适的快门速度，就保证了曝光正确合适。

● 图3-3-28　北欧风光 叶君奋摄

● 图3-3-29 布 石昌武摄

● 图3-3-30 茶院小妹 天龙摄

（三）快门优先模式

快门优先又叫快门先决，标示符号为"S/Tv"，也属于一种半自动曝光模式。在这个模式下，摄影师根据需要先手动选择快门的速度值，拍摄时照相机内微电脑根据光线明暗的变化，自动调节光圈孔径来匹配曝光组合，获得曝光正确的效果。

快门优先模式的特点是优先考虑快门速度的选择和作用，一是可以主动地控制运动物体是否清晰，二是直接选定曝光时间的长与短。这些选择在拍摄体育、新闻等题材时十分有用。例如图3-3-29《布》，为了获得人物清晰而布匹虚化模糊的效果，快门速度必须控制在1/30秒以上，采用快门优先模式先将快门速度调到1/60秒，相机自动选配合适的光圈，就拍摄到一幅虚实得当的画面。

（四）程序曝光模式

程序曝光是全自动曝光模式，通常用"P"符号表示，在各种数码相机上都可以见到。在这种模式下，不用摄影者本人考虑光圈和快门的具体选用，完全通过程序将测光与曝光合为一体，由相机自动完成曝光工作，因此快捷而方便实用。但在曝光控制的精确性和主动性上，不如前面几种模式。

程序曝光模式的特点是由相机内微电脑指挥程序进行智能工作，自动化控制光圈与快门的曝光组合，优先保证正确曝光的结果。当光照明亮时，相机自动选用小光圈和高速度的曝光组合；当光照暗弱时，相机自动调节为大光圈和慢速度的曝光组合。这一模式灵活高效，具有举起就拍的优点，在聚会留影等生活现场很实用，因此受到普通百姓的喜爱。如图3-3-30《茶院小妹》就是采用程序曝光拍摄，全自动的拍摄模式可以实现举起相机就拍摄，让摄影师将注意力都集中到人物的神态捕捉上。

数码摄影实用教程

● 图3-3-31 高动态模式与菜单

● 图3-3-32 守门员 晨磬摄

（五） 高动态曝光模式

高动态曝光是一种特殊的优化自动曝光模式，属于多次曝光照片合成模式。在不同的相机上标志符号与菜单各不相同，大多用 "HDR" 来表示（见图3-3-31）。启用这种模式后，相机可以自动拍摄2张或3张曝光量不同的画面，并自动合成一张明暗层次都很好的影像画面。

高动态曝光模式的特点是在相机内微电脑控制下，分别拍摄一张曝光正确照片、一张曝光过度照片、一张曝光不足照片，取其中各自的亮部、中间部和暗部，通过程序自动合成为一张照片——既有亮部细节，也有暗部层次的HDR影像。也可以只拍摄两张照片，自动合成一张照片。

动态范围是指数字影像中从 "最暗" 至 "最亮" 的范围。动态范围越大，层次越丰富，明暗反差和色彩空间也越大。自然界中，各种景物的明暗范围差别极大，有的高达上千倍，有的只有三、五倍。动态范围大的数码相机可记录的景物明暗范围就大；动态范围小的数码相机记录的景物明暗范围就小。因为数码相机的宽容度不大，经常会出现高光溢出或者暗部缺失的问题。虽然增加曝光可以保证暗部的层次，减少曝光可以获得高光处的细节，但总是顾此失彼。

为了应对现实中很多场景的大动态范围，技术人员发明了高动态影像（HDRI）模式，通过多张不同曝光量的照片合成，获得明暗层次都很好的照片。比如图3-3-32《守门员》，从最亮的白色雕像、中间亮度的绿色草地到最暗的黑色影子，不少于11个明暗等级。如果保证白色雕像的细节层次，阴影的细节都会损失，反之损失的就是白色雕像的细节。如果选用高动态模式拍摄，可以由相机自动拍摄两张后，合成一张明暗层次都好的照片。

● 图3-3-33 美白模式

● 图3-3-34 曝光锁定键

● 图3-3-35 逆光人像 叶君奋摄

（六）场景模式

场景模式是用于各种具体现场和效果的拍摄模式，如美白模式（见图3-3-33）、笑脸模式、海滩模式、雪景模式、潜水模式等。这都是设计者为了更方便普通人的实际需要，专门设计出来的特定用途的自动曝光模式。

其实它们也是在前面几种专业模式上派生出来的。例如美白模式是在人像模式的基础上增加了曝光量和柔化，海滩模式、雪景模式、风景模式与光圈优先模式的效果相近，笑脸模式与运动模式相近，都注重人物要清晰，类似快门优先效果，等等。只不过这些场景模式是专门为有关的具体现场对象而设计，目的性更强，实质上依然是全自动程序曝光模式。优点是针对性强、操作快速简易，缺点是不能主动控制曝光、容易而出现曝光偏差。

小贴士　曝光锁定

曝光锁定的标符为AE-L，是相机自动曝光模式的一种变化，通过快捷键来实现（见图3-3-34）。它是指自动曝光模式工作中，将已测光完成的曝光组合数据锁定不变，并等待拍摄的状态。当我们采用各种自动曝光模式时，拍摄一般场景没有什么问题，但是碰到特殊复杂的照明光效，就会出现曝光不正确的后果。

例如拍摄逆光下的人像，如果我们采取自动曝光模式，在远处拍摄后会发现人像主体的曝光不足。如图3-3-35《逆光人像》，先是走近人像并对人像进行测光，然后按下曝光锁定AE-L键——锁定曝光值，再退到合适的地方重新构图拍摄。因为刚才所测的光线（曝光量）已经锁住固定，这时候人像主体的曝光是准确不变的，所得照片自然很好。需要注意的是，采用曝光锁定后，就不能再调整相机的光圈与快门，也就是不能再改变曝光量。

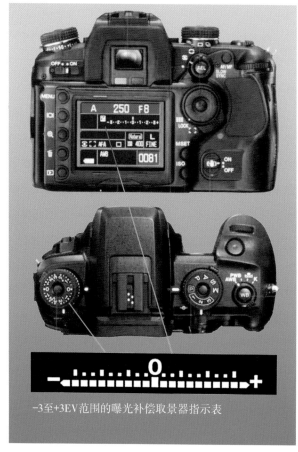

-3至+3EV范围的曝光补偿取景器指示表

● 图3-3-36　曝光补偿拨盘和液晶屏上的显示条

四、曝光补偿及其重要作用

数码相机上都设计有一个特殊的曝光装置——曝光补偿（见图3-3-36），它是为了快速解决各种自动曝光模式的误差，专门设计的曝光补救装置，可以在±3级的范围内增减曝光量，帮助我们获得精确满意的曝光效果。

不管是"A/Av"模式或是"S/Tv"模式，还有"P"程序模式，都属于自动化操作的曝光模式，因为它们简便实用，所以人们也最喜爱使用。但这几种自动曝光模式在某些时候，如面对浅亮、深暗和明暗不均的被摄对象时，总是会出现大大小小的失误，导致曝光过度或曝光不足。这就需要进行相应的曝光调整，使曝光回归到正确合适。

（一）曝光补偿设置

曝光补偿是从整体上对相机接受的曝光量进行修改的自动化功能，其大小数值用EV值表示。在数码相机上，曝光补偿数值通常排列为-3、-2.5、-2、-1.5、-1、-0.5、0、+0.5、+1、+1.5、+2、+2.5、+3等级数。每级数值的差，就是曝光量的增减倍差。比如+1就是增加一倍的曝光，也就是光圈放大一挡或快门降低一挡（例如快门优先时，光圈F11变为F8）；而-1就是减少了一半的曝光，也就是光圈缩小一挡或快门提高一挡（如光圈优先时，快门1/250秒变为1/125秒）。

曝光补偿只适用于自动曝光工作模式（如光圈优先、快门优先和各种程序曝光等模式），在手动曝光模式下不能使用也没有意义。因此在使用自动曝光工作模式拍摄时，就应注意应用曝光补偿；尤其是碰到浅淡明亮的对象和黑暗深沉的对象时，为了避免曝光上出现误差，就需要利用这一功能来控制和改善曝光效果。

● 图3-3-37　加曝光补偿　孔小丹摄

未曝光补偿　　　　　　-2档曝光

● 图3-3-38　减曝光补偿　叶君奋摄

（二）曝光补偿的原则

曝光补偿应如何确定，最关键就是看被摄对象的明亮程度。我们用一句话来总结曝光补偿的原则，就是"白加黑减、亮升暗降"。

具体来说，就是当我们采用自动曝光模式拍摄时，随时根据被摄对象的明暗变化调整曝光量。碰到特别明亮的对象时，要增加曝光量；碰到明显黑暗的对象时，要减少曝光量。例如拍摄白色或浅灰色等高亮度物体时，应该增加1~3挡的曝光，如纯白色的衣服就需要补偿+3级曝光（见图3-3-37）。如果是黑色或深灰色等低亮度物体时，就应该减少1~3挡的曝光（见图3-3-38），如黑色的煤炭就需要补偿-3级曝光量。很明显，通过这样的曝光量调整补偿，就能使白者显得白净，黑者显得黑暗。如果不进行曝光补偿调整，拍摄的照片就不能真正反映出物体原来的面貌。

区域Ⅹ

区域Ⅸ

区域Ⅷ

区域Ⅶ

区域Ⅵ

区域Ⅴ

区域Ⅳ

区域Ⅲ

区域Ⅱ

区域Ⅰ

区域0

● 图3-3-39 半圆山 A·亚当斯摄

小贴士 分区域曝光法

区域曝光法又叫分区曝光，是美国摄影大师安·亚当斯（Angel Adams）总结出来的一种曝光理论。

区域曝光是将景物的明暗状态、曝光量的多少、照片影像的明暗程度三者相对应，统一考虑曝光控制的方法。它将景物划分为渐变的11个灰度区域，拍摄时根据景物的明暗程度来决定曝光量的多少，并预判照片影像的明暗效果，精确地控制所拍摄的照片中各部位的明暗影调，如图3-3-39《半圆山》所示。

区域曝光法中，将曝光量、物体质感细节和明暗影调区域结合起来，划分出三个影像表现范围（表3-1）。

在区域曝光法中，表现物体质感的是第Ⅱ级到第Ⅷ级这七个区域。表现明暗影调的是第Ⅰ级到第Ⅸ级这九个区域。

表3-1：影调区域的含义

影调区域	影像表现范围与影调质感的关系
全影调区域	从0级到Ⅹ级的11个区域。即0、Ⅰ、Ⅱ、Ⅲ、Ⅳ、Ⅴ、Ⅵ、Ⅶ、Ⅷ、Ⅸ、Ⅹ。这个范围从纯黑到纯白的明暗影调都有，但0、Ⅹ两个区域是理论上的纯黑色区域和纯白色区域。
有效影调区域	从Ⅰ级到Ⅸ级的9个区域。即Ⅰ、Ⅱ、Ⅲ、Ⅳ、Ⅴ、Ⅵ、Ⅶ、Ⅷ、Ⅸ。这个范围是人眼可以有效分辨明暗的区域，此类画面中可以明确区分出黑暗到浅白之间的影调明暗差别。
质感表现区域	从Ⅱ级到Ⅷ级的7个区域。即Ⅱ、Ⅲ、Ⅳ、Ⅴ、Ⅵ、Ⅶ、Ⅷ。这个范围不仅可以区分出影调的明暗差别，也能很好地表现物体的质感细节和纹理变化，是表现被摄景物的质感、层次和色彩等影像效果最好、最理想的区域，因此也是曝光控制真正的重点和关键区域。 其中，第Ⅴ级是中级灰（18%的反光率）物体对应的区域，是曝光的基准点；第Ⅱ级是能表现物体暗部层次的下限，第Ⅷ级是能表现物体亮部层次的上限。

第四节　景深原理与运用

在我们拍摄的照片中,有的画面清晰范围极大,从近处的花草到远处的高山都清楚明晰;有的画面则只有一朵花清晰,背后的山和树都模糊不清;还有的画面中,清晰范围是介于两者之间。这里涉及摄影的一个专业原理和技巧运用,即景深原理的学习与运用。

景深,就是拍摄景物后获得的照片上的影像清晰范围。

景深是摄影镜头成像的一个特性,其原理是焦点成像时(我们所拍摄的主体影像),在焦点处(对焦点)的物体清晰,同时从这个焦点处(清晰物体)向前后延伸(前面一段距离到后面一段距离)的一段范围是人眼可以分辨清晰的,这个范围大小就是摄影景深的大小(见图3-4-1)。它与我们选择的焦点直接关联,也与光圈、镜头焦距和拍摄距离相关。景深也分前景深(焦点前清晰范围)和后景深(焦点后清晰范围),一般后景深要大于前景深,比例大约是2:1。

在实际拍摄中,景深是如何形成的,几个相关因素是

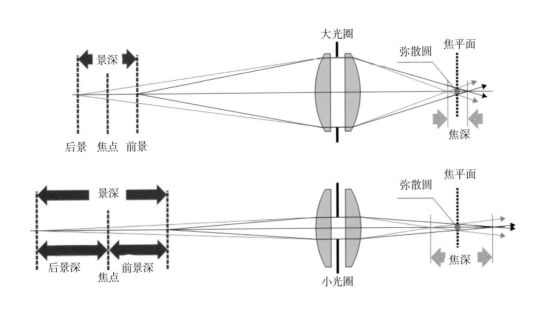

● 图3-4-1　景深示意图

如何作用的，就是我们讨论的重点所在。综合来看，景深由镜头焦距、光圈大小和拍摄距离三者共同作用，使拍摄的画面出现虚实不一的影像效果。也就是说上述三个因素中任一个都会影响景深，合起来对景深效果影响就更大。

一、光圈与景深

我们采用大小不同的光圈，从纵向拍摄排成一列的五个石膏像，可清楚看出光圈与景深之间是如何作用的，这就是光圈与景深的关系（见图3-4-2）。在这一例图中，如果采用小光圈拍摄，影像清晰的纵深距离相对较长，称为景深大。如果采用大光圈拍摄，影像清晰的纵深距离就会较短，称为景深小。

一句话总结就是：光圈越大，景深越小；光圈越小，景深越大。

光圈与景深的关系对画面影像的虚实效果有很大影响（见图3-4-3组图）。小光圈景深大，前后景物都清晰，一般利用它来拍风光建筑及情景交融的纪念照。大光圈景深小，可以虚化前景和背景，有利于被摄主体，一般利用它拍摄人物、花卉。

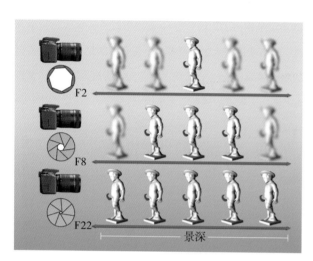

● 图3-4-2 光圈大小与景深变化示意图

（a）

（b）

（c）

● 图3-4-3 光圈大小与景深效果

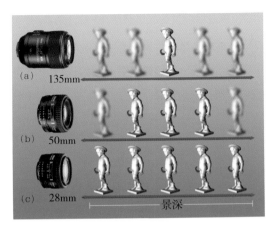

● 图3-4-4　焦距长短与景深变化示意图

二、焦距与景深

镜头的焦距有长短不同，焦距不同类型的镜头在景深效果上也有着显著不同。在图3-4-4组图中，图（a）的景深最小，图（b）居中，图（c）的景深最大。通过这样的比较，我们就看清了焦距与景深的关系：镜头焦距越短（广角），景深越大；镜头焦距越长（长焦），景深越小。

利用镜头焦距与景深之间的关系，我们可以控制画面的虚实范围（见图3-4-5）。比如可以用长焦镜头拍摄人像，既能获得较大的人物影像，还有小景深虚化背景突出人物的作用。反之，也可用广角镜头拍摄风景，画面广大开阔，且从远到近的清晰范围也很大。

广角镜头效果　　（a）　　　　标准镜头效果　　（b）　　　　长焦镜头效果　　（c）

● 图3-4-5　各种镜头拍摄的画面效果

三、距离与景深

这里说的距离是指拍摄距离，也就是摄影者（相机）与被摄对象（焦点）之间的距离。在实际拍摄中，它会随着我们前后移动而变化。例如图3-4-6中，图（a）是距离被摄对象很近，所拍摄片中的景深很小；图（c）是在距离被摄对象很远的地方拍摄，所拍照片中的景深范围就很大了。这就是距离与景深的关系：拍摄距离越近，景深越小；拍摄距离越远，景深越大。

我们只要合理利用这一点，通过现场拍摄距离的远近移动，在不改变光圈和镜头焦距的情况下，可以获得虚实不同的效果。例如拍摄人像时，利用这个技法就很简单实用（见图3-4-7）。

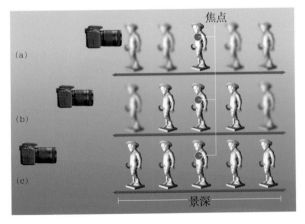

● 图3-4-6　距离与景深变化示意图

（a）A 整体　　　　　　　　（b）A 局部　　　　　　　　（c）B 整体　　　　　　　　（d）B 局部

● 图3-4-7　摄影距离

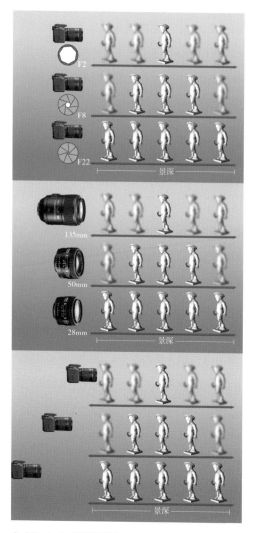

● 图3-4-8　景深示意图

四、景深规律及运用

我们将景深三大因素综合起来（见图3-4-8），就可以看出它们之间是怎样关联作用，共同影响景深效果的。

同一光圈时，要得到最小景深，应选用长焦镜头、近距离拍摄。

同一光圈时，要得到最大景深，应选用广角镜头、远距离拍摄。

同一焦距时，要得到最小景深，应选用最大光圈、近距离拍摄。

同一焦距时，要得到最大景深，应选用最小光圈，远距离拍摄。

同一距离时，要得到最小景深，应选用长焦镜头、最大光圈拍摄。

同一距离时，要得到最大景深，应选用广角镜头、最小光圈拍摄。

记住上述规律并灵活运用，我们就可以自由地控制画面的景深效果，得到令人满意的虚实效果。

● 图3-5-1　佳能相机小闪光灯

● 图3-5-2　独立闪光灯与一体闪光灯

● 图3-5-3　酒香四溢　叶鼎摄

第五节　电子闪光灯

　　数码相机上大多安装有小型电子闪光灯（见图3-5-1），也可以外接大型电子闪光灯，及时主动地提供照明光源，便于在夜间和室内等暗淡光线下拍摄，所以深受广大摄影人的喜爱。电子闪光灯有很多类型，如相机内置一体化闪光灯和独立外置的专用闪光灯（见图3-5-2），有指数20以下的小型闪光灯和指数40以上的大型闪光灯。但是其闪光原理和使用技法都是一样的。

一、闪光原理与特性

　　电子闪光灯用高强度石英玻璃做成，当闪光灯的"触发电路"激发闪光时，闪光灯管两极放电发出强烈的闪光。一个正常的电子闪光灯，反复闪光可达万次以上。

　　闪光灯的输出功率和亮度大小是用闪光指数（GN）来表示，闪光指数计算公式 GN＝拍摄距离×光圈值。其中GN值与两个条件相关：距离和光圈。GN值越大意味着输出功率越大、亮度越高。例如数码相机上的小闪光灯GN值通常为13，若光圈4，代入公式为13＝拍摄距离×4，即这个闪光灯可照明3米多的距离。

　　电子闪光灯有四大特性：发光强度大、持续时间短、日光色温、冷光性质。一个闪光指数为GN22（ISO100）的小型闪光灯，其亮度约相当于一万瓦白炽灯的亮度，可见其发光强度之大。闪光灯每次闪亮的时间从几百分之一秒至几万分之一秒，这个极为短暂的特性，常被摄影者用来"凝固"运动物体（见图3-5-3）。闪光灯光线色温与标准日光色温接近（5 500K~6 000K），属于冷光，不会像聚光灯和碘钨灯那样发出灼热的光线，这对于拍摄那些怕热的物体非常合适。

二、闪光同步与闪光瞬间

　　闪光同步是指闪光灯闪亮时间与相机快门同步开启，使整幅画面均感受到闪光。这个过程就叫做"闪光同步"。

闪光同步, 拍摄正常

闪光不同步, 拍摄失败

● 图3-5-4 闪光同步与不同步

● 图3-5-5 闪光同步速度与标志

红眼现象　　　　　防红眼效果

● 图3-5-6 防红眼效果

闪光瞬间是指闪光灯燃亮时间的长短 (单位为 "秒"), 一般在1/10 000秒左右。正因为闪光灯的闪光时间极为短暂, 如果不是在快门完全打开时闪光, 就会出现整幅画面闪光不足、一半画面闪光而另一半画面不闪光、或者整幅画面都不闪光, 这些现象都称为 "闪光不同步" (见图3-5-4)。闪光同步效果与照相机类型和快门速度直接相关。

数码相机上都有一个最高同步闪光速度, 通常是1/250秒 (见图3-5-5), 有个别的可到1/500秒。在拍摄时, 如果选用的快门速度快于最高同步速度, 就会闪光不同步, 例如1/1 000秒就不能用于闪光拍摄。如果选用的快门速度慢于最高同步速度, 均能实现同步闪光照明和拍摄。对于数码相机来说, 闪光同步速度越高越好, 有利于扩大闪光灯的补光作用, 有利于选择多种光圈和快门的组合, 有利于控制景深和持稳相机。另外, 低档数码相机, 只能实现本机内接闪光灯同步闪光, 只有中高档数码相机才可以实现外接闪光同步。

无论是机身一体闪光灯还是独立闪光灯, 在使用中有一个技术要点必须注意保证——闪光同步, 实拍所用的快门速度≤本相机的闪光同步速度 (相同或慢于、不能快于闪光同步速度)。

例如, 晴天逆光拍人像, 现场想用闪光灯 (闪光同步速度1/250秒) 补光照亮人脸, 测光得曝光组合为光圈8、快门1/1 000秒, 这时闪光灯补光肯定失败, 因为实拍快门速度高于相机的闪光同步速度。将曝光组合改为光圈16、快门1/250秒, 这时闪光灯补光成功。或者将曝光组合改为光圈22、快门1/125秒, 也能保证闪光灯补光成功。

三、闪光灯功能模式与实用技法

当前的数码相机, 都设计有各种实用的闪光功能模式, 例如自动闪光、防红眼、强制关开、前帘同步、后帘同步、慢速度闪光、频闪等模式, 可供摄影者选用。

其中防红眼闪光功能专门用来消减闪光红眼现象 (见图3-5-6), 频闪闪光功能具备瞬间闪光数次甚至几十

● 图3-5-7 频闪效果

夜景慢门闪光效果

夜景快门闪光效果

● 图3-5-8 夜景闪光时慢门与快门的效果对比

次的奇特效果（见图3-5-7），夜景慢门闪光在拍摄夜景时人物与灯光背景都有好的表现（见图3-5-8）。

还可以选择前帘同步闪光和后帘同步闪光等专门模式，来获得不同的虚实影像变化，增加照片趣味。前帘同步闪光可获得主体实像在先、主体模糊拖影在后的效果。后帘同步闪光可获得先是主体模糊虚像、后是闪光主体实像的效果（见图3-5-9）。除此还有其他的模式，我们可直接启动这些闪光模式，进行闪光照明和拍摄。

不过，真要用好闪光灯，还必须掌握一些方法。尤其是使用外置的独立闪光灯，就更需要技巧了。闪光灯的基本技法有如下几种。

第一是直接闪光，就是利用机顶闪光灯直接照明被摄对象。这种方法操作简便易行，但只有顺光照明，画面前亮后暗，投影明显。改进方法是采用慢速同步闪光，改善亮暗不匀的问题。

第二是辅助闪光，就是利用闪光灯辅助照明，调节被摄对象的明暗反差。例如拍摄逆光人像，用闪光灯辅助照明，就可使背光的脸部明亮正常、层次丰富、色彩漂亮（见图3-5-10）。辅助闪光应注意柔化闪光，如在闪光灯前加装乳白柔光片或白纱布等。

第三是反射闪光，就是利用闪光灯间接照明（通过天花板、墙壁或反光板来反射光线），使闪光变成均匀柔和的照明光线（见图3-5-11）。反射闪光能减弱或消除"直接闪光"的弊端，扩大照射范围。

　　数码摄影实用教程

▲ 前帘幕闪光效果

▲ 后帘幕闪光效果

● 图3-5-9 前帘同步与后帘同步

原有光照　　　加用闪光

使用辅助闪光灯减弱了明暗反差

● 图3-5-10 辅助闪光效果

直接闪光效果　　　反射闪光效果

● 图3-5-11 直接闪光与反射闪光效果对比

小贴士　　国产闪光灯与离机自由闪光

1. 国产闪光灯

国产闪光灯以"捷宝"牌系列闪光灯为代表，用料做工比较讲究，性能好且使用方便，而价格只有国外同类型闪光灯的1/3，深受广大摄影人的喜爱。

例如捷宝TR-980大功率闪光灯（见图3-5-12），采用坚固的合金工程塑料制作，闪光指数能达到GN55（ISO100、18m），闪光灯输出功率为8级控制（在1/1到1/128之间大幅度调节）；灯头旋转角度宽广（垂直方向90°转动，水平方向360°转动），灯头自带光效附件（反射板和广角扩散板）；具有前后帘同步闪光、频闪照明、高速连拍、15米无线同步闪光、两用电源（可用四节AA电池和电源线供电）等实用功能。

RPT频闪模式菜单

● 图3-5-12 国产"捷宝"牌TR-980大功率闪光灯

2. 离机自由闪光

外置的独立闪光灯, 具有高度的自由度, 可以采取与相机分离的方式提供闪光照明——离机自由多机位闪光。也就是将独立闪光灯放在离开相机的不同位置、从各种方向对被摄物体闪光照明。这种闪光方式有几个优点: 一是能消除直接闪光的单一不足, 产生较好的立体感; 二是不会发生闪光"红眼"。三是可制造多种光效。缺点是操作比较麻烦, 需要两人配合和器材帮助。

如果有人帮忙、灯具也够多, 还可以追求更多样的离机自由闪光照明。如多灯(次)闪光效果, 就是使用两个(次)以上的闪光灯进行拍摄。多灯闪光可以采用同步器来连接各个闪光灯, 或者利用慢门多次闪光照明(重复或移动)。例如拍摄大场面夜景, 采取多人分工合作, 一人把持相机负责拍摄, 其他人手持闪光灯进行移动和重复闪光照明, 可以拍摄出精彩有趣的影像画面。如图3-5-13《夏夜的梦》就是由一人掌管三脚架上的相机, 其他几个人拿着彩色灯光来回晃动行走, 制造出许多的彩色波浪线条。

● 图3-5-13　夏夜的梦　陈勤摄

　　　　　　　　　　　　数码摄影实用教程

● 图3-6-1　回放按钮

● 图3-6-2　回放与浏览

第六节　数码照片的归档与简单修饰

当我们结束一次拍摄后，总是要对照片进行归档，以便保存和查找。有时候还要将照片洗印出来，或赠送亲友、或上互联网交流、或进行展览。这之前都有一件事要做：对照片进行后期制作，哪怕是最简单的调整。这些工作虽然琐碎细小，可是不做就会给后一步工作带来不便。

一、照片的浏览与删除

数码相机都有回放浏览功能，可通过LCD屏幕随时显示存储卡中的全部影像。我们对拍好的照片，无论是当时或事后，都可进行查看、删除、锁定等操作，以便确认照片是否符合要求，发现不满意的可以删除，重新进行补拍。

回放与浏览的操作很简单，只要按下回放键（见图3-6-1），LCD屏幕上就会显示已拍的最后一张照片，按动方向钮就能看到之前已拍的其他照片，也可以通过旋转图像来调正画面。

数码相机浏览照片有多种方式。除了显示单张图像外，还可以采用缩略图方式察看多幅照片，但是每幅照片都将被压缩得很小，是一种快速浏览方式。如果是观察局部细节就应当选择单幅查看、并放大1~10倍，不过LCD屏的分辨率不高，只能作为现场粗略参考使用。

我们还能通过专门的浏览菜单和键钮，进行更多的操作，如显示图像＋拍摄信息、缩略图以及放大显示等（见图3-6-2）通过这些方式，我们一是可以调出照片，并检查画面效果（构图、曝光和色彩）；二是放大照片的局部细节，以检查调焦精度；三是显示直方图信息，以判断测曝光合适程度；四是删除不需要的照片。

删除照片看起来是很小的事情，其实对拍摄影响很大。我们可以将不需要的照片删除，这样有两大好处：一是节约存储空间，可以拍摄更多的照片。二是及时清理"照片垃圾"，为存储档案提供方便。

照片的删除操作有多种方式。一种是直接利用相机上的"删

图像放大后，可以上下左右四个方向移动观看

放大按钮

回放按钮

删除按钮

● 图3-6-3　回放/删除

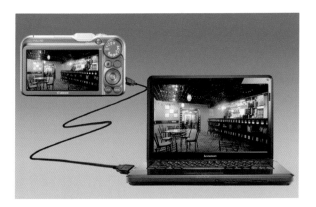

● 图3-6-4　数据下载

● 图3-6-5　ACDSee看图软件

除"键钮来删除照片。"删除"键钮有的用图标表示（如图3-6-3），有的用符号"DELETE"代表。按一下该键，就启动了删除功能，并将已显示出来的照片放在"等待删除"指令上。还有一种是将相机存储卡中的全部照片删除，这是通过菜单"删除"栏目来完成的。当然最随心所欲的删除操作，可以在计算机中归档时完成。

需要注意的是，数码相机上的照片图像一旦被删除就无法恢复，所以操作前需要仔细确认。对于存储卡上的照片信息，如果是借助于计算机删除的，在删除后还未拍摄新的照片之前可将删除的照片恢复。对于可能被误删除的重要图像，我们可以通过浏览锁定加以保护，就不会被误删了。

二、数码照片的下载归档

数码照片大多是传输到计算机中保存，主要的传送下载方式有两种：一是采用专门的数据线连接相机到计算机（见图3-6-4），从照片文件直接传送到计算机；另一种是把相机存储卡取出来插进读卡器，再将读卡器连接计算机后下载照片文件。我们推荐使用第一种方式下载照片。

在数码相机拍摄和存储时，照片是按相机上的文件格式自动编号排列的，这属于照片的原始数据文件。通过下载存储到计算机中的数码照片，应该进行分类、归档，以便今后准确、有效地查找照片资料。否则，日积月累下一大堆混乱的照片信息，查找起来会很麻烦和困难。

用来对数码照片文件进行管理和浏览的图像软件很多。一般情况下，各相机厂家自备推荐的专用软件应该是首选程序，其次是各种看图软件，这里我们推荐ACDSee系列看图软件（见图3-6-5）。

ACDSee看图软件具有通用性好、操作简单和功能较多的优点，安装也很容易。通过这个小小看图软件，我们可以对原始的数码照片进行以下三项处理工作（见图3-6-6）。一是浏览看图，挑选需要的图片资料；二是调整

　　　　　　　　　数码摄影实用教程

（a）浏览看图

（b）照片归档

● 图3-6-6 ACDSee软件界面

原片色温不对，偏蓝绿

处理后效果

原片曝光不足

处理后效果

原片拍摄倾斜，反差过大

处理后效果

● 图3-6-7 后期调整图片

照片的大小，建立分类文件；三是照片整理和归档，并重新命名。当我们做好这些工作后，照片才有了规整的"仓库"，为以后的调用提供真正的便利。

三、数码照片的简要修饰

前期用数码相机拍摄的照片，严格地说大多只是原始素材，需要后期进行影像加工处理，才能完善美观。

因为我们在前期拍摄中，总会受到种种限制，无法十全十美，因此总有这样那样的缺陷偏差，比如色彩失真、清晰度不佳、明暗分布不好等。要想弥补不足、修复缺陷、校正偏差，通过后期制作与加工，就能实现目的（见图3-6-7）。需要提醒的是，对于专业数码相机来说，这类相机在产品出厂时，各项拍摄设置就是一种"原始化"，本来就是准备给摄影师提供最大的加工空间的。

● 图3-6-8 可牛软件工作界面

小贴士　　简易图像软件——可牛图像软件

可牛影像是新一代的图片处理软件,是简易便捷图像软件的典型代表(见图3-6-8)。

可牛影像是一个功能比较齐全的数码图片修改工具,具备图像调整、人像美容等功能,简单操作即可自动修复照片瑕疵。此外,它还具备多种特殊效果和图片编辑、裁剪尺寸等较为实用的编辑功能,能够帮助我们简单轻松地管理照片,在浏览图片的同时即可同步进行全面管理。

小反差　　　　正常反差　　　　大反差

● 图3-6-9 反差示意图

用于数码照片后期制作的图像软件有很多,例如有Photoshop、光影魔术手、可牛、美图秀秀等。其中,专业人士在摄影后期加工中使用最多的图像处理软件是Photoshop,它是Adobe公司开发的专业图像制作软件,功能极为强大,操作也比较复杂。而光影魔术手、可牛和美图秀秀这三款图像制作软件,则受到广大业余爱好者的喜爱,因为具有操作简易、效果直观、智能效果的优点。

其实,对于专业摄影师和业余爱好者来说,照片的好坏标准都是一样的,在制作中需要注意的原则要点也是一样的。所以我们不管采用什么样的图像制作软件,有关原则和重点都是一样的。

图像后期制作加工时的主要原则有三:留美去丑——保留好的人和物,消减不好的干扰;去伪返真——消除偏差的色彩与明暗,还原正常的色彩与明暗;化糊为清——将模糊的影像变得清楚。在具体的图像制作中,主要是通过三个重点方面的加工来实现:即影像的反差、色彩和清晰度。

（一）调整照片反差——使画面清新靓丽

反差是指画面中影像的亮部和暗部之间的明暗差别

● 图3-6-10 曲线调整

（见图3-6-9），它关系到影像的层次、细节、立体感和画面整体氛围的表现。前期拍摄时，由于光线、环境等客观条件的限制（如阴天、室内、强烈阳光和夜间），获取的影像反差常出现过大或过小的问题，使画面影像质量和造型效果都不理想。后期调整反差就可弥补和改善这些不足。

在Photoshop软件中，调整反差最简便的方法是"对比度改变"和"曲线调整"两种方法。

改变对比度：打开图像菜单，选择"调整"子菜单中"亮度和对比度"工具，向右移动标符是增加对比度（提高反差），向左移动标符是减少对比度（降低反差）。在调整反差时可直接观看屏幕上影像的明暗变化，达到所需效果后按确认键完成操作。

曲线调整：打开图像菜单，选择"调整"子菜单中"曲线"工具，点按曲线上下移动就可改变影像的明暗关系。在实际操作中也可直接观看屏幕上影像的明暗变化，选择不同的曲线来调整影像反差，直至满意为止（见图3-6-10）。

（二）调整照片色彩——使画面色彩真实

前期拍摄的影像，与被摄对象原貌常常会存在一定的色彩偏差，需要纠正偏色；还有因主观创作的需要，刻意追求某种特殊色彩效果。通过Photoshop进行色彩处理，上述两种需要都可以得到满足。

中性灰调色模式：打开窗口菜单中的信息板工具，用鼠标选择画面中原来是灰色的影像，如灰色地面、阴影中的墙面、灰色衣服等，按RGB=1∶1∶1的标准比例，校正数值即可（当RGB=1∶1∶1时，黑-灰-白的灰度色阶为色彩还原的理想值）。

色彩平衡调整：打开图像菜单，选择"调整"子菜单中"色彩平衡"工具，根据需要增加或减少红、绿、蓝等色彩数值，就可改变影像的色彩面貌。在实际操作中可直接观看屏幕上影像的色彩变化，选择不同的色彩通道来调整某一色相，直至满意为止（见图3-6-11）。

色相和饱和度调整：打开图像菜单，选择"调整"子菜单中"色相和饱和度"工具，其中"色相"调整是改变画面整体色彩倾向，"饱和度"调整是增减色彩的浓度（鲜艳程度）。这两种调整通道可根据需要分别进行调整，达到所需的色彩效果后确认即可。

（三）影像的锐化——使画面人物清晰

前期拍摄时，由于照相机质量、对焦不准、轻微抖动等原因，导致画面影像的清晰度（锐度）不好。在Photoshop软件中可通过使用"USM锐化滤镜"处理，获得较好的改善。

　　具体方法如下：打开"滤镜"菜单，选择"锐化"子菜单中的"USM"锐化工具，然后设置所需参数值即可确定完成（见图3-6-12）。需要注意的是，参数框中"数量"的大小决定了影像的锐化强度，直接使用"USM"滤镜时如果锐化过度，画面上会出现马赛克颗粒堆积的不良后果。

● 图3-6-11　色彩平衡调整

● 图3-6-12　USM锐化

　　小贴士　　专业图像软件——Photoshop软件

　　Adobe Photoshop是目前公认的最好的摄影图像处理软件，也是最著名的平面美术设计软件（见图3-6-13）。

　　其用户界面易懂，功能完善，性能稳定，是绝大多数影像、广告、出版和软件公司首选的平面处理工具。

　　在平面图像处理领域成为行业权威和标准的Photoshop软件，源于20世纪80年代中期，最新版本已更新到Photoshop cs5。Photoshop具有图像编辑、图像合成、校色调色及特效制作等强大功能，可以对图像作各种变换，如放大、缩小、旋转、倾斜、镜像、透视等；也可进行复制、去除斑点、修补、修饰图像的残损等；可以将几幅图像合成为完整的创意图像，图像的合成天衣无缝；可以方便快捷地对图像的颜色进行明暗、色调的调整和校正；可以实现各种特效制作。

　　如果想要掌握更深入全面的图像处理技能，则需要深入学习Photoshop软件知识。请另外购买Photoshop图像软件教材学习。

● 图3-6-13　Photoshop 软件

- 什么是镜头的焦距?

- 长焦距镜头、标准焦距镜头、短焦距镜头各自的特点。

- 变焦镜头中的光学变焦与数码变焦有什么不同?

- 练习用变焦推拉技巧拍摄一张花卉。

- 自动对焦区域是否分为中心点对焦和多点对焦区域两类?

- 非中心点对焦应如何操作?

- 自动对焦模式有哪几种?

- 单次自动对焦和连续自动对焦的区别是什么?

- 导致对焦失败的几种情况。

- 对焦锁定的作用是什么?

- 曝光效果是否可分为曝光正确、曝光不足和曝光过度三种?

- 光圈的设置及作用。

- 快门的设置及作用。

- 曝光主要是靠光圈和快门的配合来完成的吗?

- 测光工作模式主要有几种?

- 曝光模式与使用。

- 曝光锁定的作用是什么?

- 曝光补偿有什么作用?

- 光圈与景深的关系。

- 焦距与景深的关系。

- 距离与景深的关系。

- 闪光指数是怎样计算出来的?

- 闪光同步是指什么画面效果?

- 前帘同步闪光和后帘同步闪光的不同之处。

- 反射闪光的好处是什么?

- 回放与浏览的作用。

- 照片图像被删除后可以恢复吗?

- 数码照片的传送下载方式有几种?

- 常用的数码照片后期图像软件有哪些?

- 对自己的照片进行反差调整处理。

- 对自己的照片进行色彩调整处理。

- 对自己的照片进行影像锐化处理。

快乐数码摄影

摄影离不开光，因为光是塑造物体形象的最基本元素。有了光的照射，又能恰当运用光线，我们才能获得好的照片。

第一节 光的基本知识

光是电磁波的一部分。电磁波谱从波长为数百米的无线电波直到波长为10^{-13}的γ射线，范围非常广大，但是人眼只能感觉到波长在380nm~760nm这一狭窄范围内的光（可见光谱），如图4-1-1所示。

从光谱图可见，不同波长的光呈现出不同的颜色，例如波长在485~495nm之间的光为青色，波长在450~485nm之间的光为蓝色，380~430nm之间的光为深紫色等。伴随可见光波从短到长的变化，其光色也发生相应的色彩变化。这些不同波长的色光均匀混合后，就形成人眼见到的白光。

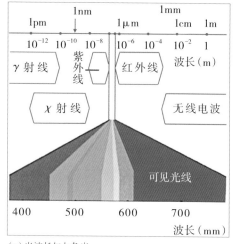

（a）光波长与七色光

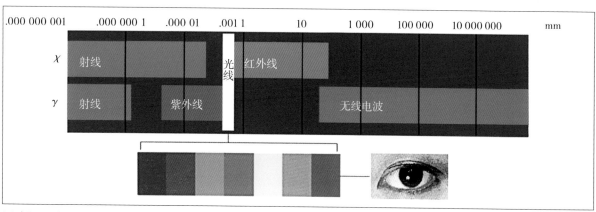

（b）人眼可见光谱

● 图4-1-1 光的波长

● 图4-1-2　几种灯具组合

硬光照明效果　　　　软光照明效果

● 图4-1-3　高楼

我们见到的各种发光物体叫光源。例如太阳光、星光、闪电、萤火虫光等,这些属于自然光源;还有白炽灯、卤钨灯、电子闪光灯、荧光灯等(见图4-1-2),这些属于人工光源。另外,光源可分为连续光、瞬间光与脉冲光。日光、白炽灯、荧光灯及绝大多数电光源都是连续光源,电子闪光灯是瞬间光源,频闪灯是脉冲光源。

一、光的性质与特点

光是我们用来照明和造型的主要手段,通过对光的合理选择和运用,既能逼真地再现物体的外观形状和质感特征,也可以强调物体的色彩面貌和立体感,还可以通过光线的特别运用,使物体的形状和色彩都发生改变。总之,好的用光才能引导观众更好地理解作品内容。

光的形态和性质有多种表现,有强、弱、硬、软之分,还有冷、暖色的不同等,这些是我们需要了解的光的基本特性。

(一)　强光与弱光

我们判断光线是强还是弱,主要是取决于光源照明强度的不同。例如,晴天正午、阳光非常强烈时的光是强光,阴雨天、光线昏暗时的光为弱光,没有月亮的晚上,黑暗无光时为极弱光。光线的强弱对于物体造型作用也有很大的不同。强光的造型能力强,使物体显得明亮、反差大、色彩鲜艳。弱光下的被摄物体在造型表现上,有灰暗、反差小、色彩柔和、质感细腻的特点。

光线强度的不同,对人们的心理影响也有明显的差别。明朗的光线总是给人一种明亮和振奋的感觉;暗淡的光线会让人觉得忧郁、宁静和神秘。如图4-1-3《高楼》是在阳光和多云天光线下拍摄的同一个景物，带给欣赏者的审美情趣就不同。

（二）硬光与软光

光线性质可以用"软"与"硬"来衡量，也就是我们常说的"软光"与"硬光"。光线的软硬程度与光的聚散和强弱有关，也与光源的投射距离有关。从光的聚集上看，直射光（如阳光、聚光灯）是硬光，散射光（如阴天、多云）是软光。

硬光（直射光）在照明景物时，具有光照充足、方向性强、有反光与耀斑、轮廓清晰、阴影浓重、高反差影调等特点，也就是说对形状和结构的表现能力强，如图4-1-4《牧马人》就是硬朗的阳光效果，人物脸上明暗分明，立体感强且充满阳刚。

软光（散射光）在照明景物时，具有光照柔和、方向性弱、阴影弱淡或者没有、反差小、影调层次丰富等特点，也就是说对物体质感有细腻的表现。如图4-1-5《肖像》所示，柔和的光线中，人物的皮肤细腻、柔润，在整体上呈现出温馨秀气的美感。

● 图4-1-4 牧马人 石昌武摄

● 图4-1-5 肖像 戴立新摄

二、光的方向与高度

直射光线（硬光）的方向性很强也很明显。当直射光源在水平位置移动时，就形成光照方向的不同变化——即顺光、侧光、逆光等不同效果，见图4-1-6（a）。当直射光源在垂直高度变化时，就出现光照高度的不同变化——即低光、高光、顶光等不同效果，见图4-1-6（b）。

（一）顺光

从相机方向照射被摄物体的光线，也称为正面光。

在顺光照明下，被摄物体朝向相机镜头的一面接受到均匀的光照，物体的投影落在它自身背后，画面很少或几乎没有阴影，照片的明暗反差弱小。顺光照明的造型优点是可使画面充满均匀的光亮，可很好地再现物体的色彩。其主要缺点是，画面影调常显得平淡，被摄物体的立体感不明显，画面的空间感不强。在实践中，摄影人多采用这类光线拍摄明快、清雅的画面。如图4-1-7《新加坡展览馆》就是采用这一光照效果形成的明朗画面。

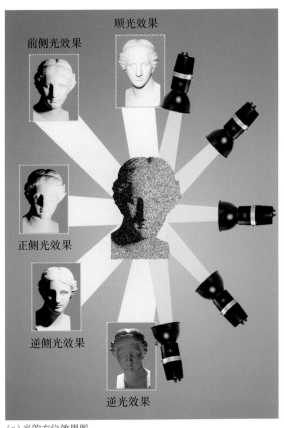

（a）光的方位效果图

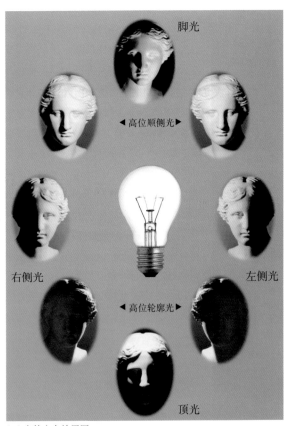

（b）光的方向效果图

● 图4-1-6　光的方位与方向

　　　　　　　数码摄影实用教程

● 图4-1-7 新加坡展览馆 王萌摄

● 图4-1-8 测量 晨磬摄

（二）前侧光

这是从相机斜侧方向照射被摄物体的光线（与拍摄轴线的夹角在45°左右），也称为顺侧光。

在前侧光照明下，被摄物体形成了明显的受光面、背光面和投影区，物体的立体感好，轮廓形态鲜明，质感细节表现好。前侧光照明的造型优点是，可以使物体形成丰富的明暗变化，可以使物体的轮廓结构得到正常表现。因此前侧光是一种很受欢迎的造型光，广泛地应用在各种题材的拍摄中。如图4-1-8《测量》中的建筑物，轮廓和立体感都很好，正是得益于前侧光的照射。

● 图4-1-9 欧式园林 天龙摄

● 图4-1-10 晨 石昌武摄

（三）正侧光

这是从相机正侧方向照射被摄物体的光线（与拍摄轴线的夹角为90°），简称为侧光。

在正侧光照明下，被摄物体一半明亮、一半黑暗，明暗对比鲜明，在色彩、质感和轮廓感上都呈现出好坏参半的面貌，在图4-1-9《欧式园林》中，巨大的圆柱上明暗分布各半，因此立体感极强。

正侧光照明的造型优点是，可使物体表面的高低起伏得到明显表现，具有很强烈的立体感。其缺点主要是正侧光线造成了物体左右亮暗悬殊，这样就会形成高反差和深重阴影，物体表面粗糙和生硬感等弊端也容易出现。

（四）侧逆光

这是从相机斜前方向（被摄物体斜后方向）照射被摄物体的光线，也称为逆侧光。

在侧逆光照明下，被摄物体的正面大部分位于背光阴影中，正面结构、色彩和层次细节都不好。侧逆光照明的优点是，可使物体一侧出现明显的轮廓光，可以使物体轮廓变得鲜明，可以较好地区别物体与背景，画面空间感强，如图4-1-10《晨》，现场的光线就是从斜前方逆射而来，勾亮了几株树木和蒙古包的轮廓，并在地面上投下长长的影子，有明显的时间提示作用。

● 图4-1-11　云墙　黄荣钦摄

● 图4-1-12　洒　夏晓军摄

侧逆光的不足之处是，物体正面结构和形貌都不能正常表现。因此在摄影实践中，人们多利用其来表现剪影和半剪影作品。

（五）逆光

这是从相机正前方向（被摄物体正后方向）照射被摄物体的光线，也称为背光。

在逆光照明下，被摄物体的轮廓边缘部位被照亮，正面结构、色彩和细节层次都在黑暗中。例如图4-1-11所示，飞鸟冲向了云天，逆光下成为黑色剪影，简洁有力。逆光照明的优点是，可以使物体形成鲜明的轮廓光或剪影效果，使物体的轮廓特征明显突出，可以很好地区别物体与物体、物体与背景；其不足之处是物体大部分区域（正面）都不能得到正常表现。

需要提示的是，在逆光照明下，如果是暗背景，被摄物体周围能形成"光环"，显得醒目突出；如果是亮背景，被摄物体就成为黑色的"剪影"。另外一个照明效果是，透明或半透明的物体，如丝绸、植物叶子、花瓣等，在逆光照明下具有很好的质感。如图4-1-12《洒》正好说明了这两点，树枝在水雾下呈黑色剪影，绿叶在逆光下又显得透亮，别有情趣。

(a)

(b)

● 图4-1-13 荡板训练

小贴士 光、影、色的轻重

光、影、色的面貌，会带给我们不同的感受。比如明亮的景物抢眼，而昏暗的景物不被人注目。这就是人眼对光影和色彩的视觉感受。我们可以用来在拍摄时突出或减弱某些景物，利用光影改变照片效果。还有，就是同一个对象，在光影强弱或色彩冷暖的作用下，画面中也会形成突出或后退的效应。

如图4-1-13《荡板训练》表现的是军训项目走索道，图（a）采用顺光拍摄，人物和背景都照亮，一览无余，两者都很鲜明，画面显得比较平淡。而图（b）采用逆光拍摄，人物就成了黑色的剪影，但动作轮廓却变得非常清晰，从构图上看，画面中的人物及其所进行的动作就得到了最大的突出。

● 图4-1-14 玻璃杯 丘光标摄

（六）低位光

这是从被摄物体的底部或下方向上投射的光线（视平线40°以下角度向上照射），也称为脚光和低光。

在低光照明下，物体表面的明暗结构呈现特殊和反常的视觉效果。这种光照下，向下和垂直的结构面受光而明亮，水平面不受光而黑暗。低位光在舞台照明、商业广告和人像摄影中也比较常见。虽然低光拍摄人像有反常的视觉效应，只要巧妙应用也可获得精彩的画面。如在静物广告摄影中，就常用脚光作无投影照明。如图4-1-14《玻璃杯》就是将灯光放在半透明的塑胶板下，形成底光

● 图4-1-15　红房子　天龙摄

● 图4-1-16　回眸一笑　朱晓军摄

效果，以突出被摄物体的晶莹剔透质感。

最常见的低位光照明，是早晚的阳光，这时太阳与地面的夹角在15°以下，地面上物体的垂直面明亮显眼。我们在许多风景照片中，都可以看到这样的光照效果。摄影师多利用低角度的特殊光线，来表现清晨和傍晚的美丽景象。如图4-1-15《红房子》，西边的太阳已贴近了地平线，纯净的天幕上云霞飞舞，低角度的阳光映红了建筑物的整面墙，一个个孔窗形成了积木式的趣味。

（七）高位光

这是高于视平线45°左右照明的光线——斜射光线，也就是从高于被摄物体的位置投射的光线，符合人们正常视觉感受（与上午、下午阳光照射效果相似）。

在高位光照明下，被摄物体大部分区域能接受光照并有明暗过渡，物体的轮廓分明且有立体感，投影大小正常，色彩再现好，是拍摄中最常用的照明光源。如图4-1-16《回眸一笑》，是大约60°高位的阳光从上向下照射，明暗区域合理，很好地刻画出女孩的笑脸和身姿，人物造型显得自然与亲切。

当高位光处于正面、前侧和正侧方向时，用来表现各种建筑物，具有很好的效果。无论是建筑的立体感还是质感细节，都给人以真实、自然的视觉感。如图4-1-17《信息楼全貌》，正是利用高位阳光形成正常的明暗分布和立体结构，使建筑呈现出很好的造型效果。

● 图4-1-17 信息楼全貌 晨馨摄

（八）顶光

这是从上方向下垂直照射的光线，也就是从被摄物体的顶部上方向下投射的光。

在顶光照明下，被摄物体的水平面（顶部）受光明亮，垂直面和凹进部位较暗。顶光的优点是，可以很好地勾画物体的轮廓边缘，可以使水平面变亮而突出，物体的投影短小或几乎消失。因此在表现屋面、水面和地面等风光建筑类题材中，有其特别的作用。如图4-1-18《九寨秋水》，是中午时分拍摄的九寨湖泊，顶光直射而下，照亮了秋天的红叶、穿透了洁净的湖水，这种通透感效果只有顶光才能表现。

顶光的主要缺点是，被摄物体的垂直面受光少而黑暗，人眼的视觉感受不太舒适，在用光时应该注意避免或改善。

● 图4-1-18 九寨秋水 李志松摄

数码摄影实用教程

音乐中利用重复形成节奏和韵律，摄影中利用光、影和色彩的元素同样也可以营造出节奏感、韵律感。

一幅照片中节奏感的强弱，主要是受到现场光影的亮度差异和色彩差异的作用。明暗差异大、色彩对比强，节奏感就强烈；反过来节奏感就弱。节奏的主要变化，如图4-1-19《节奏示意图》所示。

在拍摄中只要我们注意景物的光、影、色之间的关系，并利用摄影技巧进行加强，就会使光影的间隔和重复鲜明突出，拍摄下来就是某种节奏韵律。如图4-1-20《网湖秋韵》就是观察到水面上明暗间隔的现象后，巧妙利用光照拉开水面与滩涂的反差，形成宽窄不一的线形区域，在创造出美感的同时，又形成了画面影调的节奏律动。

（a）光影对比大，节奏强烈　（b）光影对比小，节奏缓和

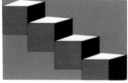 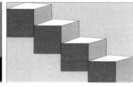

（c）色彩对比大，节奏强烈　（d）色彩对比小，节奏缓和

● 图4-1-19　节奏示意图

● 图4-1-20　网湖秋韵　石昌武摄

第二节　自然光照明

从大地山川到室内空间,大多是自然光为主照明。自然光是我们生活中最多见、最主要的照明光线,它主要是由太阳光和天空散射光共同构成。自然光可分为无云的直射阳光和多云的散射光两大类,但其实都是由太阳为基础光源,具有亮度高、照明范围广、照射时间长等特点。

一、直射阳光照明

无云雾遮挡的太阳光充足明亮,是最典型的直射光。具有亮度高,光质硬的特点,能使物体形成明显的受光面、背光面和投影。

（一）　日出和日落

早晚的太阳刚露出地面,最大特点是光线柔和、光照强度弱。这时的阳光色温低而偏橙红色,天空的散射光较暗且偏蓝色。由于空中有雾气和尘埃干扰,我们见到的各种景物在清晰度和色彩上都受到影响。这个时段的太阳贴近地面、照射角度低,使得物体的投影变得很长,具有间接反映物体形状、表现空间和提示时间的作用。

● 图4-2-1　晚霞 朱金荣摄

在早晚时间段拍摄，获得的照片画面大多是橙红、橙黄的色调。如果是拍摄逆光下的景物，空气透视非常明显，呈现出近深远淡的空间感。如图4-2-1《晚霞》中，傍晚的红霞笼罩了高山、城市、天空和水面等，使整个画面都偏橙红色调，营造出特别的诗情画意。

（二）上午和下午

当太阳从15°上升至60°左右，就进入到上午时间段；当太阳从60°下降至15°左右，就进入到下午时间段。上午与下午在照明效果上是相同的。

这段时间的光线特点是：光照明亮均匀而且时间长，色温稳定色彩好，物体明暗差别明显、层次丰富且立体感强。如图4-2-2《少女心事》，就是在光照充足的时间段所拍，人物脸上光滑润泽、色彩漂亮，加上朦胧的黄色树叶，共同组合出美的图画。

上午和下午的光线都属于正常的摄影时段，也是自然光照明最稳定的时间段，在拍摄中应用最多。无论是拍摄人物，还是花卉、人像和风光都很适宜。因为拍摄出来的照片，画面清晰明朗、反差适中，而且物体的层次丰富、色彩真实、立体感和空间感都有较好的表现。

● 图4-2-2 少女心事 戴立新摄

● 图4-2-3 老人 晨磬摄

● 图4-2-4 早锻炼 戴立新摄

（三）中午

太阳升高到我们头顶上方时（顶光），就是我们通常说的中午，它是太阳从60°上升至90°、再由90°下降到60°的一段时间。中午时段的光线特点是，光照非常强烈而硬朗，是极其典型的直射硬光，会形成很大的明暗反差和浓重的黑影区。所以一般人都不喜爱它，其实它在拍摄以水平面为主的题材对象时，还是有一定优势的。

在这个时间段拍摄，应注意并有效控制明暗反差和黑影，扬长避短。比如在顶光下拍摄人像，容易出现黑眼窝、黑下巴的"骷髅相"，显得生硬而不自然。但如果处理得当，就可拍摄出富有表现力的照片。如图4-2-3《老人》是在中午的顶光下拍摄，阳光在老人的头顶和脸部留下强硬的明暗反差，使额头锃亮突出；由于利用环境反射光稍稍改善黑影，增加阴影部位的细节，因此在强调老人粗犷和坚毅的同时，明暗细节都得到较好的再现。

二、散射光照明

阴天和雾天的光线均匀且缺乏方向性，是最典型的散射光。这种光线具有亮度弱、光质弱的特点，物体明暗反差小，质感和色彩感都不明显。

（一）清晨和黄昏

日出之前与日落之后，没有太阳直射光源，主要是天空散射光照明。这一光线时间段比较短暂而变化大，很快就转变为阳光下或夜色中，应抓住机会拍摄。需要重视的是，此时光线朦胧柔和，色温变化快，除了有时是偏橙色的暖调效果以外，其余大多是偏蓝青色的冷调效果。如图4-2-4《早锻炼》，赶在太阳出来前拍摄早锻炼的人，具有鲜明的现场感，偏冷的绿色调也有利于早晨氛围的表达。

● 图4-2-5 人像 刘洪摄

（二）薄云天

当大片云层遮挡住太阳后，经过柔化的直射阳光就由硬光变成了软光。云天类型光线的照明特点是，方向性较弱但亮度较大，在表现物体的质感和细节层次上有很好的效果。云天的色温（7 000K左右）略高于标准色温（5 500K），拍摄的彩色照片不会偏色，对于人像、服装和商品类等对象是很适合的光线。如图4-2-5《人像》是在薄云天气拍摄的——光照柔和，人物脸上细腻柔美并有一定的方向性，这样就加强了立体感。

（三）阴天、雨天

太阳光需要经过厚重云层才到达地面，整体光照强度大大降低，光线也更为柔和，并失去方向性；光线色温高，大多在8 000K左右。因此地面上的各种物体显得平淡，缺乏阴影和反差，空气中水汽、尘埃多而清晰度差。

在阴天散射光线下拍摄，照片显得晦暗而不明朗，色彩也会出现偏蓝紫色。如果是在雨天拍摄，光线照度更弱，画面的色彩更多偏蓝色。阴雨天还有能见度低的问题，不适宜用来拍摄大场面景物，但表现小景有自身的特点。如图4-2-6《清澈》，虽然是阴天的风景小品，却有一种晴天没有的意味，宁静而空寂。

● 图4-2-6 清澈 夏晓军摄

● 图4-2-7　夏日里的一缕阳光　陈勤摄

● 图4-2-8　回家的路　石昌武摄

（四）晴天阴影下

晴天有太阳光直射照明的地方，也有太阳光照射不到的地方，如建筑物阴影处、树荫下、阳伞下等地方。物体主要由天空光和环境反射光组合成的散射光照明，有一定的方向性。光线色温很高，大多在10 000K左右。所以，在晴天阴影下拍摄的照片效果和色彩表现，多偏向蓝紫色，比较接近于阴天的效果，不同处是常有斑驳光影出现（见图4-2-7）。

三、夜景光线

夜间是一个特殊又重要的时刻，对于摄影者来说也是一个表现其艺术才能的机会。夜景光线主要是由现场人工光和天光构成，例如灯光、火光、月光、烟花等。在灯光、火光和天空光的照明下，城市的街景、大小建筑、商店橱窗，还有山川原野和农家小院等，都可以被我们感觉和辨认。在元旦、春节等重大节日，还会燃放烟花和节日灯饰，构成特有的夜间景观。

夜间的照明光线有两大特点。一是光源小而多，明暗悬殊大，亮度随距离远近急剧衰减；二是灯光多样造成的景物色彩多样，使红橙色和蓝紫色相互交织。如图4-2-8《回家的路》，夜幕之中，高色温光线使画面大部分区域呈蓝色，低色温光线又使女演员身上呈现出暖黄色调，冷暖对比，让人印象更加深刻。

在夜间拍摄，有两点要注意。一是要注意现场固有光的利用和平衡。不要轻易加用闪光灯，闪光灯会改变或破坏现场固有光效，应该尽量保留现场光效果。即使启用闪光灯，也要考虑与现场环境光的亮度平衡相吻合。二是照片色彩的表现，要根据人和景物的主次来控制。一般以主要对象的色彩还原为准。简要做法是将相机的白平衡设置为5 500K的"日光"模式，拍摄时灯光下的物体会偏橙红色调，月光下的物体会偏蓝色调，画面气氛反而有一种现场感。如图4-2-9《雪夜》就是如此，现场有多种光源（钨丝灯和日光灯），作者以日光色温为准拍摄，画面上有偏红色区域和偏青绿色区域，色彩丰富而真实。

● 图4-2-9 雪夜 戴立新摄

第三节 人工光源照明

日出日落的更替，造成了自然光的变化多端，也给我们的拍摄带来许多不便。利用人工光源替代自然光源，形成了拍摄中最稳定和方便的照明光源，为我们提供了十分好用的照明光线。

一、人工光灯具与使用

根据人工光源的不同特点，可以将其分为几种类型的人工照明灯具。一是根据灯具大小分为大型照明灯具和轻便型照明灯具。二是根据光线性质分为聚光灯具和散光灯具。三是根据光线的连续性分为瞬间光（闪光）灯具和连续光灯具（见图4-3-1）。

● 图4-3-1 影室闪光灯

● 图4-3-2 各类柔光箱

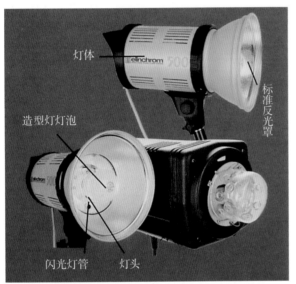

灯体

造型灯灯泡

标准反光罩

闪光灯管　灯头

（a）闪光灯头各部件

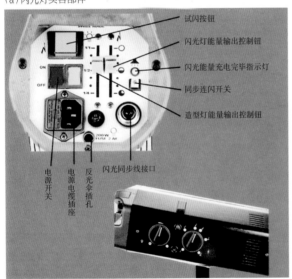

试闪按钮

闪光灯能量输出控制钮

闪光能量充电完毕指示灯

同步连闪开关

造型灯能量输出控制钮

电源开关　电源电缆插座　反光伞插孔

闪光同步线接口

（b）灯头控制系统

● 图4-3-3　大型闪光灯部件

（一）闪光灯具

摄影中使用较多的是各种闪光灯，不管是影室大型闪光灯、还是室外小型闪光灯，都受到摄影师的青睐。因为它们的原理是一样的，使用技巧也都相同，可以配合起来使用。

影室大型闪光灯的功率和亮度都比小型闪光灯大很多，大多在200W至1 500W，色温为标准5 600K（日光），具有能量大、亮度高、体积小、功能多的特点，已经成为当前商业摄影中最主要的照明光源（见图4-3-2）。

这类大型闪光灯主要部件有：灯头、闪光灯管、造型灯、电容、控制系统和电源等。可以是单灯头也可以是多灯头，整个系统工作是按一定的程序来进行的，通过控制系统来调整，功能十分强大，具体见图4-3-3闪光灯部件示意图。

灯头是装插闪光管和造型灯的基座，可以安插2~4个闪光管。灯头主要由耐高温的陶瓷制成，内部均有通风降温装置和灯泡保护罩。闪光灯管是用石英玻璃制成（环状或U形），插装方式，闪光瞬间时长在1/1 000秒左右。常用的灯管功率在300~1 000W，高的可达6 000W以上。造型灯是布光时观察造型效果的专用白炽灯（卤素灯），功率在150W以上，属于长明灯泡。

控制系统用以对闪光灯进行开关、选择、显示、连接和调整工作。开通电源后，通过充电显示信号，显示闪光灯充电完成就可以工作。通过输出开关，可在2级~4级光圈（全光、1/2光、1/4光等）范围内选择闪光灯功率。通过闪光同步装置和闪光连线，触发引闪闪光照明（同步闪光）。

柔光罩（箱）是闪光灯头上的外加专用布罩，用来使闪光灯发出柔和均匀的散射光。柔光罩有正方、长方、六角形等，尺寸从40cm~2m不等，是很重要的闪光灯配件。

● 图4-3-4 电视拍摄现场

● 图4-3-5 聚光灯与投影组件

● 图4-3-6 悬臂灯架

（二）连续光灯具

连续光灯具就是长明灯具，是我们生活中最熟悉的人工光源。从白炽灯到日光灯再到石英灯，一直是影室人工照明光源，至今依然是影视摄影照明的主要光源（见图4-3-4）。

白炽灯是影室摄影中最早使用的电光源，色温为2 800K~3 200K。在早期黑白摄影时代，曾是最主要的照明光源。优点是长明、直观，便于观察和调整；缺点是低效、耗能、寿命短、色温低。石英灯是在白炽灯基础上发展来的连续光，灯泡由耐高温的石英玻璃制作。两者相比，后者比前者高效、节能，寿命更长；两者色温相近，都在3 200K左右。

冷光灯是一种新型连续光灯具，主要是荧光型柔光灯，一般由多支灯管排列组合构成。与白炽灯和石英灯相比更有优势，其优势主要表现在：一是为标准色温（日光），色彩再现好；二是同等功率下照明亮度是白炽灯的10倍、石英灯的3倍；三是光照均匀柔和，而且属于冷光低热量性质；四是灯具寿命长。

还有一种是聚光灯（见图4-3-5），灯具可以开合，以便调控聚射光的光束大小和光质软硬等。工作色温也可以调整，装配不同色温的灯泡便具有不同的光色，如装配800W石英灯泡时色温为3 200K，装配1 000W冷光灯泡时色温为5 600K。

不管是闪光灯具，还是连续光灯具，都需要配套灯具支架（三脚型、立柱型和移动轨道）以支撑和稳定灯具（见图4-3-6），保证布光移动的安全方便，才能获得不同的照明效果。

(a) 五灯光型

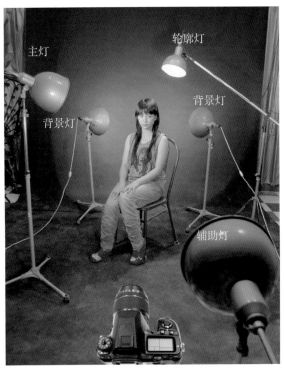

(b) 五灯布置现场

(c) 五光基本效果

● 图4-3-7 五灯立体光造型方法

二、人工布光造型

自从有了人工光灯具，众多摄影家就在探索如何用好人工灯光。一百多年来，前辈们总结出室内人工灯光造型法则—五灯立体光造型方法（见图4-3-7示意图），这是我们应该学习和研究的最基础、最重要的用光理论。

（一）主光

主光是用来塑造主体的造型光。其照明任务是照亮被摄物体最主要的部位，塑造物体的基本形态和外形结构，起着主导作用。主光不一定是最强最亮的光，但是最重要的光，另外的造型光都是在主光的基础上安排的。

主光灯具放的位置和高低，都会影响到照明效果，使被摄物体的主要形态出现差异。拍摄时主光的安排，要根据物体的轮廓、质感和立体感的表现来决定，通常主光与前侧光的灯位相同，也可放到顺光位、侧光位或侧逆光位等（见图4-3-8）。

顺光灯位　　　　前侧灯位　　　　正侧灯位　　　　侧逆灯位

● 图4-3-8　主光灯位变化图

（二）辅光

辅光是用来提供辅助照明的造型光，又称副光。其照明任务是补助主光照明的不足，提高物体阴暗部位的亮度、减弱明暗之间的反差，使物体的层次和质感细腻丰富，具有辅助造型的作用。

辅光灯多安放在相机旁，从正面辅助照明物体。辅光的亮度比主光低，因为当辅光亮度超过主光或与主光亮度相等时，就会导致物体表面出现双影，或缺乏立体感，对画面主光的造型效果形成破坏。辅光的亮度大小可以调整，通过调整辅光可以改变照片的明暗反差，形成不同的画面氛围。一般来说，主光和辅光的亮度差，光比在3∶1～4∶1比较合适。

（三）轮廓光

轮廓光是用来突出物体轮廓边缘的造型光。其照明任务是勾画物体边缘的轮廓，可以将物体与物体、物体与背景明显分开，并增强画面的空间感。轮廓光一般采用硬朗的直射光源，从物体背后逆向照射被摄体，形成清晰的边缘和轮廓。从亮度上看，轮廓光在五种造型光中最亮，使用中避免它对镜头的眩光干扰，导致照片质量受损。

（四）背景光

背景光是用来照亮现场背景的造型光。其照明任务是将主体与背景分开，它可以消除被摄体在背景上的投影，并营造环境气氛和背景深度。背景光的明暗变化主导着画面的基本影调。背景光照强，就易于出现亮背景，使照片气氛显得平和、轻松、明朗；背景光照弱，就容易出现暗背景，使照片显出肃穆、沉静、阴郁的气氛。

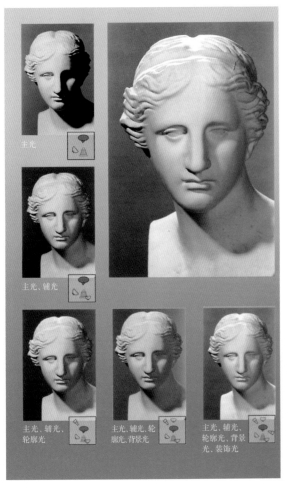

● 图4-3-9 布光程序图

（五）装饰光

装饰光用来弥补某些照明缺陷，也称修饰光。其照明任务有两个，一是弥补前面几种造型光所遗留下的"死角"，达到整体用光的完善。二是修饰主体对象的细节和质感，以达到造型上的完美。比如拍摄人像过程中，眼神光、头发光和局部死角照明光等都是装饰光。它是精确用光、整体美化的必要手段。

我们在安排布置这五种造型光时，可按如下过程操作：主光—辅光—轮廓光—背景光—装饰光，如图4-3-9《布光程序图》所示。

三、人工光主要布光法

了解了人工光灯具与五种造型光的作用，我们就可以根据不同对象和不同需要设计安排，实现多种多样的人工灯光布光效果。

（一）基本布光法

这是一种最基本、也是最常用的传统布光方法，适用于各种题材的对象。在基本布光法的布置中，主光从相机一侧稍高、正侧45°左右的位置照射对象，使物体大部分得到照

小贴士　光比

光比是我们要重视的概念，它是指两种造型光之间的亮度差。

在照明布光中，只要有两种以上的造型光出现，就不得不考虑两种造型光之间的亮度协调，也就是光比的控制。也可以将光比看做是物体亮部和暗部的亮度差别，视觉感正常的光比一般在3：1左右。

光比对于照片的明暗反差、细部层次和色彩再现，具有很重要的作用。比如拍摄人像，光比适中的

人物亮部与暗部的反差合适，就显得层次丰富和色彩正常；如果光比太小，人物就显得过于平淡和立体感弱。但是光比太大，人物又会出现明暗部悬殊，不仅细部层次有损失，而且最亮部和最暗部的色彩也难以兼顾，如图4-3-10《光比示意图》所示。

大光比　　　小光比

● 图4-3-10 光比示意图 王萌摄

● 图4-3-11 俄罗斯女孩 叶君奋摄

明,有少量阴影区。辅光位于照相机位置、正面照亮对象,用来减弱物体的阴影。主辅光的光比基本上控制在3∶1左右,背景光的亮度比主光略低。

在这种布光安排下,拍摄的照片主体突出、影调明快、反差适中(见图4-3-11),具有较好的质感、层次和立体感。在室外也可以借用这种布光形式拍摄各种人像画面,如图4-3-12《放学了》就是将太阳作为主光源,使女孩大部分得到充足明朗的光照,而地面上的反光形成辅助光,减弱了人物身上的阴影,影像整体和谐自然。

● 图4-3-12 放学了 徐晓春摄

● 图4-3-13　思绪如风 雷蕾美摄

● 图4-3-14　无题 戴立新摄

（二）　亮调布光法

这种布光方法又叫高调布光法，主要适用于拍摄浅淡的对象。它是在基本布光法基础上，增加灯光照明变化而来的。

亮调布光的特点有两点，一是背景浅色或白色，从整体上显得浅淡明亮；二是正面光为主均匀照明，注意提亮物体颜色较深的地方，把阴影和投影减少到很少的程度。如图4-3-13《思绪如风》，就是这样用光，摄影者选择了白色衣裙和浅色背景，得到了典型的高调效果。

（三）　暗调布光法

这种布光法又叫低调布光法，主要适用于拍摄深暗的对象。它是通过加大亮暗光比来实现的。

暗调布光的特点有三：一是主光大多布置在侧逆光或侧光位置，勾画照亮物体的主要轮廓，压暗被摄对象的正面大量区域；二是拉开主光与辅光的差距，光比可以大到1∶4～1∶9；三是背景深暗色调，可不用背景光照明。如图4-3-14《无题》，在大片深暗区域中，最明亮的是手指，最清楚也是手指，最突出的就是手指。

- 人眼能感觉到多长范围内的光线波长?

- 硬光(直射光)的照明特点。

- 软光(散射光)的照明特点。

- 光照方向的不同变化有几种?

- 上午和下午这段时间的光照特点是什么?

- 阴天、雨天的光照特点是什么?

- 夜间的照明光线有哪两大特点?

- 瞬间光(闪光)和连续光是根据光线的连续性来划分的吗?

- 在人工灯光造型中,主光、辅光、轮廓光的作用各是什么?

- 光比是什么?

- 亮调布光法和暗调布光法分别适用于拍摄什么样的对象?

快乐数码摄影

一幅照片总会引起观众的评价，是漂亮、精彩，还是杂乱、质量低下，其中有很大一部分因素，就在于我们的构图安排。摄影构图就是用摄影工具在一定画幅内，对现场景物进行取舍、提炼加工，按照一定法则和规律进行布局安排，表达摄影者的发现和追求。

第一节 画面的构图元素

每一幅照片都是由具体的画面构成元素来体现的。

画面元素包括许多种类，有画面的长宽比例和大小尺寸，还有其中具体的人或物；有抽象的线条与块面，也有具体的色彩与形状；有的是外观显示，有的是内在属性。我们先来看一个常见的人像拍摄实例——人与树木的组合。在图5-1-1组照三张人物照片中，图（a）的效果比另外两张好，对树干的利用很合适，构图安排紧凑活泼；而图（b）和图（c）则失利在树干空位上。这里，细节的安排影响的是整个画面效果。

不管怎么看，照片总是由各种各样的"人和物"来体现，并从小到大地聚合为一个整体。所以，我们从主要的、具体的构成要素入手，学习和研究摄影构图知识，对于提高构图水平是非常有益的。

（a）

（b）

（c）

● 图5-1-1 兄妹 朱晓军摄

一、景别大小

摄影构图中，一般划分有远景、全景、中景、近景和特写等五个景别（见图5-1-2组图）。这些景别的变化，就是根据被摄对象在照片中的大小比例来定，或者说是按照拍摄范围的大小划分的。

远景是指从远距离拍摄对象，主要用来表现人和物的总体氛围、整体风貌，如山川河流、原野草原等自然景物和场面。其特点是拍摄出来的照片视野宽广，容纳大范围的景物，记录丰富的环境信息。

全景是指以表现被摄对象的全貌为首要任务，并兼顾较多的环境面貌。我们拍摄的，可以是高山和河流，也可以是建筑、人物或植物，无论拍摄什么，主要都用来交代完整的对象、或者是全身的行为动作，其中也有相关的环境元素存在。

中景是以表现被摄对象的主要区域为重、而舍弃完整全体的构图法。在中景画面中，常常只包容被摄对象的一部分，如拍人物的半身像。中景善于表现人物之间的交流、事件的矛盾冲突，大多用于表现情节和动作，环境表现相对弱化。

（a）远景

（b）全景

（c）中景

（d）近景

（e）特写

● 图5-1-2　景别大小示意

（a）全景效果

（b）近景效果

● 图5-1-3 全景与近景

近景是一种以表现被摄对象的重点结构为目的的构图法，主要用来表现人物或物体的局部，如人的胸像、天安门的城楼部分。近景的范围大多很小，但在突出人物表情、强调物体有关细节和质感特征上有很好的效果。这个景别中，环境所占分量很弱。

特写是以表现被摄对象的重点细节为目的、并使其突出放大的构图法。特写的拍摄范围比近景更小，主要集中在对象的很小局部，如人的头脸、眼睛或手、天安门城楼上的国徽等。特写选取的目标都比较单一，但表现力很强。

景别主要由镜头焦距和拍摄距离所决定。镜头相同的条件下，景别大小由拍摄距离的远近来定；距离相同的条件下，景别大小由镜头焦距的长短来定。当然也可以将两种手段结合起来用。

选择什么样的景别，主要取决于摄影者的意图。想要表现大气势或大场面（大空间），可选择远景和全景。如果是想突出主体对象并保留一些环境因素，可采用中景。当需要突出强调人物的重要细节或生动情节时，可以拍摄近景或特写。

如图5-1-3对比图例所示，图（a）选用了全景画面，完整地展现出欧式花园大门的景色，包括两边屋角、人体雕塑、大型花盆基座和茂盛的树木枝叶。图（b）则以局部近景拍摄，舍去环境中的房屋和基座，只以人体雕塑为主角，让我们可以清楚观察人体雕塑的细节轮廓。

二、方向和高度

物体都是由高度、宽度和长度（纵深）三个面所构成，形成立体的存在。不同的面有不同的造型特点，从哪一个面最能突出主体的特征？这就是如何选择拍摄方向和拍摄高度。

（a）正面

（b）侧面

（c）背面

● 图5-1-4　拍摄方向示意图

● 图5-1-5　菩萨的微笑　晨磬摄

（一）选择拍摄方向

拍摄方向主要有正、侧、背三大变化（见图5-1-4组图）。

正面拍摄是指相机从被摄对象正面拍摄。其优点是结构和谐对称，不足是容易呆板。如图5-1-5《菩萨的微笑》，就是将主体（雕像）安排在画面中心，并从正面拍摄，很好地表现了菩萨的庄严与慈爱，让我们在质朴的造型和自然的光影下，感到一种近距离的亲切。

侧面拍摄是指相机从被摄对象侧面拍摄。其特点是轮廓分明、结构形状变化多样。从侧面拍摄可以获得形态特征明显的画面，许多摄影家常以此来捕捉少女的曲线美、体操运动员的形体动作。如图5-1-6《阳光女孩》就是这样的构图形态，从斜侧面拍摄人物，将少女秀美的脸型和五官、健美婀娜的身姿，清晰明确地展示在我们眼前。

背面拍摄是指相机从被摄对象背后拍摄。其特点是可隐蔽不少细节，具有含蓄或间接的表现效果。很多人以为景物背面没什么可拍，其实背面常有令人意

● 图5-1-6　阳光女孩　石昌武摄

● 图5-1-7　祭妈祖　黄春意摄

外的效果。如图5-1-7《祭妈祖》，作者为了表现闽南妇女对海峡和平女神的虔诚之心，没有直接表现妇女们的正面相貌，而是从背后拍摄，突出她们头上独具特色的插花和装饰，间接地说明了地方特点。

（二）选择拍摄高度

拍摄高度主要有高、中、低三大变化（见图5-1-8）。

（a）仰拍

（b）平拍

（c）俯拍

● 图5-1-8　拍摄高度示意图

高角度拍摄是指相机从高处向低处俯拍，镜头高于被摄对象。俯拍的主要特点，一是能充分显示空间环境，交代环境现场；二是能增加远近景物的纵深感；三是能躲避一些杂乱的前景物体。如图5-1-9《网箱》表现的是大海上的网箱养殖，由于作者选择站在较高的位置拍摄，可以俯视很大一片区域和纵深空间，画面就包容了从近到远，有网箱、小屋和大片水面的景物，具有非常开阔和宏大的气势。

平角度拍摄是指相机从正常高度平拍，镜头与被摄对象平行。平拍的主要特点：一是这是最易行也是最常用的拍摄高度；二是视觉上与人眼感受相同，显得亲切自然；三是由于前后景物平行，要注意前景的干扰遮挡；四是空间纵深感的表现受限。这个角度对景物的正常表现非常有利，如人像证件照和商业建筑等都会选此角度。如图5-1-10《侨乡丽岙》，就是采用与人眼等高的平视角度所

● 图5-1-9　网箱　石昌武摄

● 图5-1-10 侨乡丽旮 张淑萍摄

● 图5-1-11 南海观音 王晓云摄

拍,画面中规中矩,呈现出宁静、清新和自然的气氛。

低角度拍摄是指相机从低处向高仰拍,镜头低于被摄对象。仰拍的主要特点,一是带来透视变形,会产生夸张的视觉现象,增添画面的张力;二是可以消除地平线(水平线);三是拍摄人物和建筑,会显得崇高和伟大。如图5-1-11《南海观音》就是采用仰拍的成功实例,画面中地平线压得很低,使南海观音显得高大雄伟,背景是满天飞舞的祥云,更加衬托出观音菩萨的慈悲形象。

"横看成岭侧成峰,远近高低各不同",正是指拍摄机位(方向和高度)在摄影构图中的重要性。一个小小的移动,也就意味着精彩照片的诞生。

三、基调

基调是指作品整体上以某个主要影调或色调为主导的构图安排。有黑白影调,也有红、绿、蓝色调,共同构成照片基本的调子。基调可以营造明显的情感氛围。如高调给人以纯洁高雅的感觉;低调让人感到深沉或压抑的情绪。统一基调是一种非常有用的构图技法,可以使主体、陪体与环境高度统一并融合一体。

(一) 中间调子

这类照片的画面,主要由中间影调(色调)的景物影像所构成,它是使用最多的照片基调,主要用来表现各种正常影像效果。其特点是明暗适中、层次丰富、色彩正常，给人真实客观、大方明快的视觉感受。如图5-1-12《遂昌龙游》就是一幅典型的中间影调画面，从梯田最亮处到山谷阴影，各种绿色的明暗层次很丰富，照片也就展现出明朗而热烈的面貌。

拍摄中间调照片，虽然在摄影用光上没有什么限制，但在选择什么样的对象上，有自己的要求——正常影调（明暗适中和色彩正常）的景物对象，同时还要保证曝光的精准到位。

● 图5-1-12　遂昌龙游　朱金荣摄

（二）亮调子

这类照片的画面，主要由高亮和浅白色物体的景物影像所构成，也有很少量的深色影像，用来表现浅亮的影像效果。其特点是色彩浅淡、层次细腻和简洁明快，给人以纯洁、淡雅、明净的印象。

亮调（高调）照片的拍摄，一是要选择白色或浅色的物体为对象，如雪山、白色瓷器等；二是采用顺光照明；三是曝光上可故意过度（2挡以上）。这样就能获得明亮、浅淡的亮调照片。如图5-1-13《天鹅舞》，拍摄的是一群飞舞的白天鹅，背景是浅白色的水面，白色浅亮的对象再加上曝光过度（+2挡），就使照片整体格外清新淡雅，在这种情况下，用高调表现就很合适。

● 图5-1-13　天鹅舞　黄荣钦摄

（三）暗调子

这类照片的画面，主要由黑色和深色物体的影像构成，也有很少量的浅白色影像，用来表现黑暗的影像效果。这与亮调（高调）刚好相反，其特点是色调深暗、层次省略和深沉厚重，给人以肃穆神秘的感觉。

暗调（低调）照片的拍摄，一是要以黑色和深色物体为对象，如黑色煤炭、黑布等；二是宜采用侧光或逆光照明主体；三是曝光上可故意不足（-2~3挡）。就可以获得深重、暗黑的暗调画面。如图5-1-14《清净地》，暮色之中的丛林古刹，显得深暗而肃穆，只有一个僧人和黄色山墙闪亮凸显，水中倒影恍惚，这些愈发体现出一种禅机。暗调的影像效果，给作品带来一种静谧和脱俗的气氛。

● 图5-1-14　清净地　陈勤摄

（四）暖调子

这类照片的画面，主要由红色、黄色和橙色类物体的影像构成，也可以有少量的蓝色或青色的影像出现，主要用来表现火热的影像效果。其特点是画面红、黄色彩突出，会有亮调、暗调和中间调的明暗侧重，但都给人以温暖红火的感受。

暖调照片的拍摄，首先是要选择以红色或黄色物体为对象，例如红旗、彩霞、红衣服等；二是红色、黄色类物体在画面中的分量（范围）应超过70%；三是曝光上要准确合适。如图5-1-15《仲夏夜》，选择霓虹灯下拍摄，为的是使大量的红、黄色出现；减少2挡曝光，画面显得沉着；使用慢速度长时间拍摄，让来往车辆划出一道道光的轨迹。如此，获得了暖意十足的色彩效果。

● 图5-1-15　仲夏夜　晨馨摄

（五）冷调子

这类照片的画面，主要由蓝色、青色和蓝紫色类物体的影像构成，也可以有少量的红色或黄色的影像，主要用来表现清冷的影像效果。其特点是画面蓝青色彩突出，可以有亮调、暗调和中间调的明暗侧重，但都给人以冷静凉爽的感受。

冷调照片的拍摄，首先是要选择以蓝色或青色物体为对象，例如蓝天、夜幕、青色衣服等；二是蓝色、青色类物体在画面中的分量（范围）应超过70%；三是曝光上要准确合适。如图5-1-16《草马白云》，蓝天为主占据大片画面，保证清凉的基调；黑马与白云对角分布，动静呼应和谐。画面构成简洁，给人联想空间。

● 图5-1-16　草马白云　石昌武摄

　　　　　数码摄影实用教程

（六）灰调子

这类照片的画面，主要是深浅不同的灰色、少量的黑色和白色等物体的影像构成，也可以有少量的彩色影像，主要用来表现层次细腻的影像效果。其特点是画面中大片区域是灰色物体（或者是全部），可以有偏亮和偏暗的明暗变化，但都给人以含蓄柔和的感受。

灰调照片的拍摄，首先是要选择灰、黑和白色物体为对象，例如灰色砖瓦和衣服等；二是灰色类物体在画面中的分量（范围）应超过70%；三是曝光上可以略微多一些（+1挡）。如图5-1-17《梦里江南》，采用大片的灰色来构成画面基调，使水与天、水与景物都融化在一起，这种细腻的灰色变化，很好地表现出水乡晨雾的特有风景，也很好地营造出一种朦胧之美。

● 图5-1-17　梦里江南　天龙摄

第二节　画面的主次分配

一幅照片中，总会有主要对象和次要对象，还有周围的环境，这些角色的分配与安排，正是由每个摄影者来决定。那么，主与次、轻与重，又应该如何安排呢？

一、主体与陪体

主体是摄影画面中的主角，是用来表达主题思想和揭示事物本质的形象。主体形象是画面里最主要的一个组成部分。

我们选择什么做主体？第一是根据主题思想的需要，第二是寻找具有典型特征的具体代表，第三是从结构上来考虑。因此在构图的具体安排中，主体是重点刻画的对象，其他的人与物都应围绕主体对象而存在，由他（它）来决定照片的长宽比例、空间分配，决定摄影画面的色彩、影调、虚实等处理。

绝大多数情况下，主体是内容中心、结构中心、视觉中心和趣味中心的集合。如图5-2-1《绿了芭蕉》一作中，嫩绿色的芭蕉叶是主体，红墙、杂草和天空中的飞鸟都是环境陪体。在视觉上，各种陪体显得平淡暗弱，只有被阳光照得透亮的芭蕉叶最抢眼——它也正是画面的主体，主次之间的对比，让人生起光阴荏苒的感慨。

陪体是摄影画面中的配角，主要用来烘托和美化主体，也是画面构成中不可缺少的组成部分。陪体与主体是相互关联的存在。它虽然并不直接地揭示主题，但通过交代有关事物和事件的存在，使主体形象变得鲜明突出，成为摄影画面中的主人。陪体还可以营造画面气氛和意境，来增强画面的形式美。

陪体实际上范围很广，包括主体之外的所有环境（前景和背景）因素。但我们通常将环境单独作为一个部分来讨论。

● 图5-2-1　绿了芭蕉 李永宁摄

● 图5-2-2　小虎头 许晓春摄

二、突出主体

主体统帅全局并与陪体（环境）共同完成画面。两者的对比呼应，具体可以分为直接突出和对比衬托两种方法。

（一）直接突出主体

突出主体的最有效方法，就是给予主体最大面积、最佳位置、最好形状，使主体从形态到质感都得到最好的表现。

1. 中心主体

当我们将主体放在画面中间时，由于视觉汇聚的效应，会让人自然地注意到这个中心"主体"。这符合视觉心理学的原理，即最中心的物体往往都是最引人注目的。需要说明的是，"中心"是指在十字中心点周围的中心区域，不是简单的中心原点处。

另外，在画面的中心区域安放主体还有一个优势。就是画面的内容中心与几何结构中心合而为一，使主体对象在突出显眼的同时又十分稳定。如图5-2-2《小虎头》就是非常典型的例子，干净的环境背景下，人物居中安放，所以小孩的五官、漂亮的民族服饰和红润的脸蛋就显得格外突出。

2. 大面积主体

当一个物体占据画面大部分区域时，这种体积上的优势使该物体成为照片的主角。它的好处是超大的面积等于将物体"放大"了，就会变得更加醒目，也就达到了突出主体的目的。如图5-2-3《屹立》，长焦镜头将岸边的岩石放满了画面，让我们觉得巨大而醒目。这时，岩石的形状和细节被放大了，一道道沟缝也变得更清楚了，岩石本身的刚毅性格也更明确了。

大面积主体可以有多种变化。有的画面中主体占位在70%以上，这是比较常见的做法。也有的可以全部占满画面，如果采用这种构成形式，要注意避免单调乏味。

● 图5-2-3　屹立　夏晓军摄

（a）

（b）

（c）

● 图5-2-4　彩螺

3. 黄金点主体

当我们把主体安放在画面的黄金点（点、线等位置）上，可以形成均衡而动态的构图效果。

黄金点位可以用中国的九宫图来简要说明。将画面的横竖两边都划分为三等分，就形成了"井"字形交叉。这些交叉点和分割线都是人眼的视觉兴奋点（线），将主体安排在这些点、线上，既突出又能呼应到其他物体。我们以图5-2-4《彩螺》组照做个对照试验。图（a）从画面整体上看，位于正中心的小彩螺虽然符合常规，但显得过于呆板，让人感到缺乏活力。而在图（b）和图（c）中，将小彩螺安放在画面中的黄金点上。在构图上，这只是一个小的变化，但是不管是在画面中的左边还是右边，小彩螺似乎都有一种动感，使画面打破平静，有了张力。

（二）　对比烘托主体

安排主体与陪体构成对比关系，如面积大小、形状各异、影调深浅、色彩冷暖等，可以在矛盾对抗中突出主体形象。

1. 形状对比

不同的物体组合在一起时，因为形态体积的差异，会产生对比效应。例如大与小、长与短、高与低、粗与细、宽与窄等差异，就是很典型的对比样式。面积对比中，主体或大或小而陪衬体相反，都是为画面中的主体变得更突出而作出的选择。

● 图5-2-5 山洞 叶君奋摄

小贴士　　不对称式均衡

表面上不对称而实质上均衡，就是不对称的均衡形态。

这主要是利用事物的内容性质（如情节、动作、趋势），形态上的几何关系（如点与面、大与小），视觉分量的轻重差异等来构成，符合人们心理上的求变需要。其特点是式样丰富而多变，既打破了对称式构图的呆板，又保持画面的视觉稳定和形式美感。

例如常规肖像构图中，人物大多放在画面中心，形成中心对称结构，给人以严肃有余、活泼不足的感觉。但在图5-2-5《山洞》中，摄影家大胆地将画面主要地方留给山洞石壁，加强陪体的分量和面积；人则偏居画面的右下角，虽然显得很小很弱，但却明亮显眼。这样的构图在叙说情侣约会的特殊场地和神秘故事上，大胆突破对称构图的旧模式，生动且富有新意。

● 图5-2-6 洁 石昌武摄

我们可以根据内容的需要，将主体与其他景物处理成明显的体积对比关系，通过夸张这些体积对比的形态，让主体得到更强烈的衬托，自然成为照片中无可争辩的主角。如图5-2-6《洁》，画面里以体积很小的清洁工当主角，反衬出地面的广大。既有形状的对比，也有体积的对比，还有色彩的对比，作品因此在简洁之中蕴藏着丰富内涵。

● 图5-2-7 都市夜色 戴立新摄

2. 动静对比

动与静是一对矛盾，在形态上也各有特点。如果在同一个画面内，将动态、动势的景物和稳定、平静的景物并列在一起，就会出现动与静的对比。

我们应该抓住物体之间运动与静止的差异，有意寻找和利用动静物体，或者以运动来衬托静止，或者以静止来衬托运动，这样都能很好地制造画面中的运动感，进而获得主体突出的效果。如图5-2-7《都市夜色》就是典型一例。作者通过娴熟的技巧，用小光圈、大景深加上慢速度，使画面出现飞驰的车影，用来衬托安静的高楼，将大都市夜间特有的繁华景象生动地表现在观众眼前。

3. 影调对比

照片里的影像都是由不同明暗层次影调组成。这其中，明与暗之间的差别可以形成影调对比关系，对于突出主体也有很好的效果。如一片白色中一点黑色就很突出，反之一片黑色中一点白色也很突出。在色彩上同样可以运用此法来突出主体，如一片蓝色中的一小块黄色就很明显。

我们在拍摄时，可以设法将明亮物体与深暗物体放在一起，利用亮与暗的对比作用，突出其中某一对象。例如图5-2-8《心静否》就很典型，这是一幅以虚写实的作品——借用投影说心态。明亮橙黄的墙壁上，映射出建筑屋顶的轮廓影子，两者形成强烈的

● 图5-2-8 心静否 王晓云摄

数码摄影实用教程

明暗对比。读者第一眼望去，就会被美妙的影子所吸引，进而细细品味其中的含义。

4. 虚实对比

清楚与模糊的不同变化，是摄影中最常见的技术效果。当一个清晰的对象与一个模糊的对象同时并列，两者就会产生虚实对比，使人留下深刻的印象。

我们可以通过各种摄影技巧来实现虚实对比。利用光圈大小的改变、镜头焦距的长短、拍摄距离的远近等条件改变，都可以出现各种虚实效果。对不良的干扰物体和环境因素进行虚化，使需要强调的对象清晰而突出。例如图5-2-9《春暖花开》，虽然都是以盛开的花朵为对象，但利用摄影技法使之分为两种形态——前面清楚、后面模糊，产生了虚实对比效果。这样就在单一中有丰富变化，而且充满了视觉趣味。

● 图5-2-9　春暖花开 叶君奋摄

小贴士　　色彩对比及效果

色彩元素及其对比关系对构图有很大的影响。

色彩对比主要有两种形态，即互补色对比与冷暖色对比。互补色对比是指红色与青色、蓝色与黄色、绿色与品红色这三组色彩搭配，冷暖色对比是指红黄色系与蓝青色系两大色系的搭配。因为不同色彩的物体具有不同的视觉分量。这个轻重差别在画面中有时起着很重要的作用，用好了能使人们立刻发现作者要强调的重点景物，用不好也许就毁掉了一个很好的素材。例如抓住色彩的冷暖差异，来强调画面的主体——视觉重量，不仅可以实现突出主体对象的目的，还能明显制造一种情感上的波动。

一般来讲画面中的重点景物大多是主体，应该在构图中占有大面积位置。但利用色彩的对比安排，就可以进行灵活变化。有的景物虽小，但色彩夺目，它同样可以抢占鳌头。中国画论中所说"万绿丛中一点红"，说的正是红与绿的对比作用。如图5-2-10《烟雨武夷山》，就能看到这种对比的能量。大片的山水树木，被雨雾浸透成青绿色彩；山脊上一个小小的中式亭子，却特别显眼。因为亭子是红色，在浓厚的青绿色的衬托下就显得格外醒目。

● 图5-2-10　烟雨武夷山　天龙摄

● 图 5-2-11 门里风云 陈勤摄

三、环境内容

环境是指照片中除了主体之外的各种景和物(包括人物)。它们既是表达作品内容的重要组成,能说明主体所处的环境空间,又能衬托主体、加强作品的艺术感染力。

我们根据空间距离,将环境分成前、中、后层次,即前景、主体和背景(后景)三个不同的空间要素。

(一)前景的作用

前景是指在画面主体与摄影者之间的陪衬景物,它处在最前方——最靠近摄影人的位置。主要有如下作用。

一是可增加画面的装饰美感和空间感。我们可以选用形状优美的景物作为前景,形成装饰效果,既起到点缀美化主体的作用,同时也能够深化空间感。如图5-2-11《门里风云》,前景是一个美丽的雕花圆门,门里是天坛汉白玉建筑装饰和古代香炉。没有看到巨大宏伟的传统建筑,但是令人联想起无数的王朝,以及伴随王朝消逝的宫殿,正如天上的流云,只有时光是永恒的。

● 图 5-2-12 妆 石昌武摄

二是具有揭示作品主题和丰富画面内容的作用。通过前景的运用,可以使作品的潜在主题得到更明确的展现。如图5-2-12《妆》的前景就很特别,它使用了人物的肢体部位,透过这个肢体框架看见的是一面镜子和镜子中正在化妆的脸容。如此处理,观众会自动将这个前景与人物事件融合起来,并知道好戏就要开始了。

三是具有交代季节或地域等特征的作用。某些特定的物体用作前景时，可以让人立刻明白其中的时间与地域的属性。如图5-2-13《古刹初冬》就是这样的，画面拍摄的是一座屋顶积雪的古代庙宇建筑，因为有一支红叶穿插在前面，很好地点明了这场雪来得很早——时在初冬。

（二）背景的作用

背景（后景）是指处于主体后面的陪衬景物。主要有如下作用。

一是可以深化主题，丰富内涵。如图5-2-14《支教女生》的环境表现就很符合人物的身份，以一面陈旧的黄土墙为背景来拍摄纪念照，虽然很平常的事情却变得有内涵了。作者大胆选择不好看的老墙作背景，将到边远山区支教的大学生所处的环境展示出来，特征鲜明、叙事准确。

二是加大纵深层次和景物变化。如图5-2-15《牧歌》的背景是远山和多云的天空。作者选择这样的背景元素，显然是为了加大纵深空间。如果只是羊群密密麻麻占满画面，没有敞亮开阔的背景，我们就会感到堵塞而不舒畅。

● 图5-2-13　古刹初冬　丁丽燕摄

● 图5-2-14　支教女生　朱晓军摄

数码摄影实用教程

三是营造气氛, 创造特殊意境。如图5-2-16《长城万里》, 主要背景是大片的天空和玫瑰色的霞光。有了这一个色彩艳丽的天幕衬托, 蜿蜒起伏的长城就更具有英雄般的豪迈气概, 因此也带给观众一股壮志凌云的豪情。

最后, 我们要告诫大家, 摄影是一门实践性很强的技艺, 所有的摄影原理和技法只有在大量、反复、深入的具体操作中, 才能得到消化和吸收。摄影作为一种具备高科技含量的现代化工具, 在新闻、艺术、科技和商业等各个方面得到最广泛的使用, 是我们工作中的好帮手, 也是我们业余生活中有趣的娱乐方式。

将学习、娱乐和工作结合起来吧, 快乐数码摄影的主角就是你!

● 图5-2-15 牧歌 叶君奋摄

● 图5-2-16 长城万里 黄荣钦摄

● 图5-2-17　飞瀑岩羊　陈勤摄

摄影人在拍摄过程中常会有两难选择，想突出主体、又想活跃环境因素，常常顾此失彼。想让照片中的各个景物成为有机统一的整体，但景物有序排列后往往又会死板和僵化。这就涉及多样统一的法则——在集中统一的前提下实现丰富多彩。

多样统一法则总是潜藏和贯穿在我们每次拍摄和每幅照片之中。从抽象的到具象的，都会有这样的需要和处理。例如对比，有大与小、明与暗、直与曲、虚与实等变化，那么在强调对比的同时还要控制不散乱。在复杂中要集中，在单一下求变化。做到变化多样丰富，统一协调集中，这就是多样统一。

遵循此理、运用此法，我们就可以自由地创造画面、实现精彩。如图5-2-17《飞瀑岩羊》，拍摄对象是巨大岩洞和岩羊，对象比较简单、空间纵深也不大。要活跃画面避免小气，就应寻找变化。作者采用边角对应的构图，使岩羊与飞流的瀑布呼应，并利用深暗的巨大山岩来烘托白色的瀑布和羊群。构成了动与静的对比、明与暗的变化、大与小的差别，就做到了既有整体秩序感，又有统一中的多样变化。作品也因此呈现出简洁沉着的美感，引起人们的山中记忆。

思考与练习

● 拍摄方向主要可以分为哪几大变化？

● 拍摄高度主要可以分为哪几大变化？

● 中间调子的特点是什么？

● 亮调子的特点是什么？

● 暗调子的特点是什么？

● 暖调子的特点是什么？

● 冷调子的特点是什么？

● 突出主体的最有效方法有哪些？

● 说说形体对比、动静对比、影调对比等构成特点与效果。

● 前景的作用是什么？

● 背景的作用有哪些？

参考文献

1. 杨恩璞.摄影基础：新编实用摄影教程（上册）.北京：高等教育出版社.2007.

2. 陈勤.摄影实践：新编实用摄影教程（下册）.北京：高等教育出版社.2007.

编者介绍

陈勤

教授、国家一级摄影师、国家摄影技师高级考评员。

主编教材：《摄影基础》2007年获教育部高职高专广播影视类专业教学指导委员会"百部工程"一等奖，《摄影实践》2008年获教育部高职高专艺术设计类专业教学指导委员会"精品教材奖"。

另编著有《人像摄影》、《摄影曝光控制》、《摄影创作启示录》、《简明摄影词典》、《数码摄影单反专家诊所》等专业教材。

叶君奋

副教授、国家摄影技师、温州职业技术学院传媒策划与管理专业指导委员会主任、浙江省女摄影家协会副主席。

曾著有《江之南》、《法兰西印象》、《南美印象》、《灵山记忆》、《踏雪西子》等众多专业摄影作品集。

王萌

副教授、国家二级摄影师、专业设计师。

曾创办"金色廊桥"摄影文化俱乐部，设计和编辑多部摄影书籍，长期为摄影专业杂志专栏供稿，曾策划主持了富士、三星、华意联合国际等国内外知名企业大型摄影活动。

朱晓军

副教授、国家二级摄影师、职业摄影师。

曾在国内外众多书刊和摄影活动中发表大量摄影作品并获奖，参与编撰《简明摄影词典》等多部专业摄影教材，曾多次策划组织有关大型文艺活动。

图书在版编目(CIP)数据

数码摄影实用教程/陈勤,叶君奋主编. ——北京:高等教育出版社,2011.12
ISBN 978-7-04-033557-6

Ⅰ. ①数… Ⅱ. ①陈…②叶… Ⅲ. ①数字照相机-摄影技术-高等职业教育-教材 Ⅳ. ①TB86②J41

中国版本图书馆CIP数据核字(2011)第217497号

策划编辑 叶 波　责任编辑 季 倩　封面设计 张 楠　版式设计 张 楠
责任校对 陈旭颖　责任印制 朱学忠

出版发行	高等教育出版社	咨询电话	400-810-0598
社　址	北京市西城区德外大街4号	网　址	http://www.hep.edu.cn
邮政编码	100120		http://www.hep.com.cn
印　刷	北京信彩瑞禾印刷厂	网上订购	http://www.landraco.com
开　本	850mm×1168mm 1/16		http://www.landraco.com.cn
印　张	13.5	版　次	2011年12月第1版
字　数	340千字	印　次	2011年12月第1次印刷
购书热线	010-58581118	定　价	39.80元

本书如有缺页、倒页、脱页等质量问题,请到所购图书销售部门联系调换
版权所有　侵权必究
物 料 号　33557-00